藤原道長 王者の月

篠 綾子

PHP文庫

○本表紙図柄＝ロゼッタ・ストーン（大英博物館蔵）
○本表紙デザイン＋紋章＝上田晃郷

目次

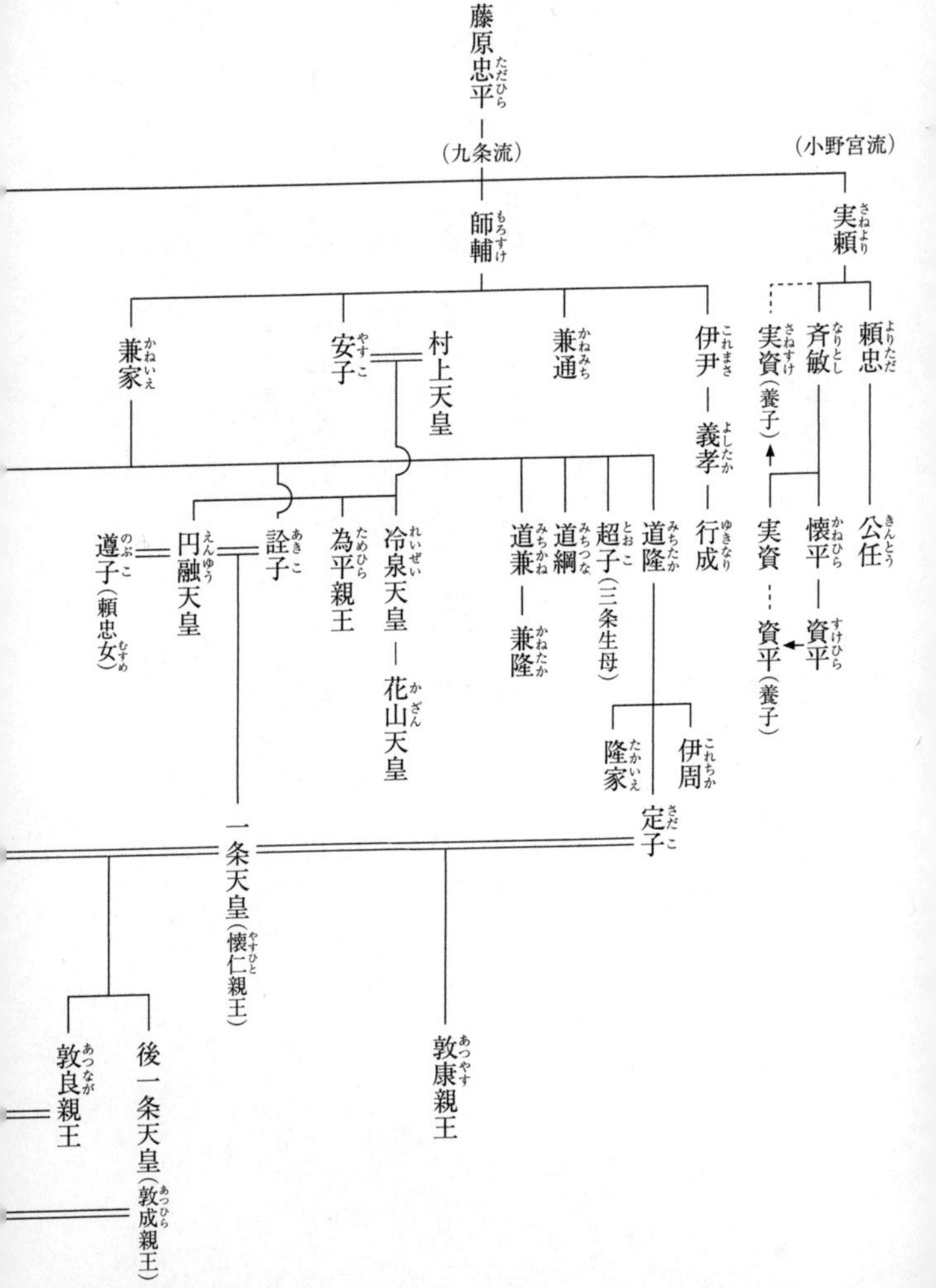
藤原忠平《ただひら》
（九条流）
（小野宮流）
師輔《もろすけ》
実頼《さねより》
兼家《かねいえ》
安子《やすこ》
村上天皇
兼通《かねみち》
伊尹《これまさ》
義孝《よしたか》
行成《ゆきなり》
実資《さねすけ》（養子）
斉敏《なりとし》
頼忠《よりただ》
懐平《かねひら》
公任《きんとう》
実資
資平《すけひら》
資平（養子）
道隆《みちたか》
超子《とおこ》（三条生母）
道綱《みちつな》
道兼《みちかね》
兼隆《かねたか》
冷泉《れいぜい》天皇
花山《かざん》天皇
為平《ためひら》親王
詮子《あきこ》
円融《えんゆう》天皇
遵子《のぶこ》（頼忠女《むすめ》）
伊周《これちか》
隆家《たかいえ》
定子《さだこ》
一条天皇（懐仁《やすひと》親王）
敦康《あつやす》親王
敦良《あつなが》親王
後一条天皇（敦成《あつひら》親王）

関係略系図

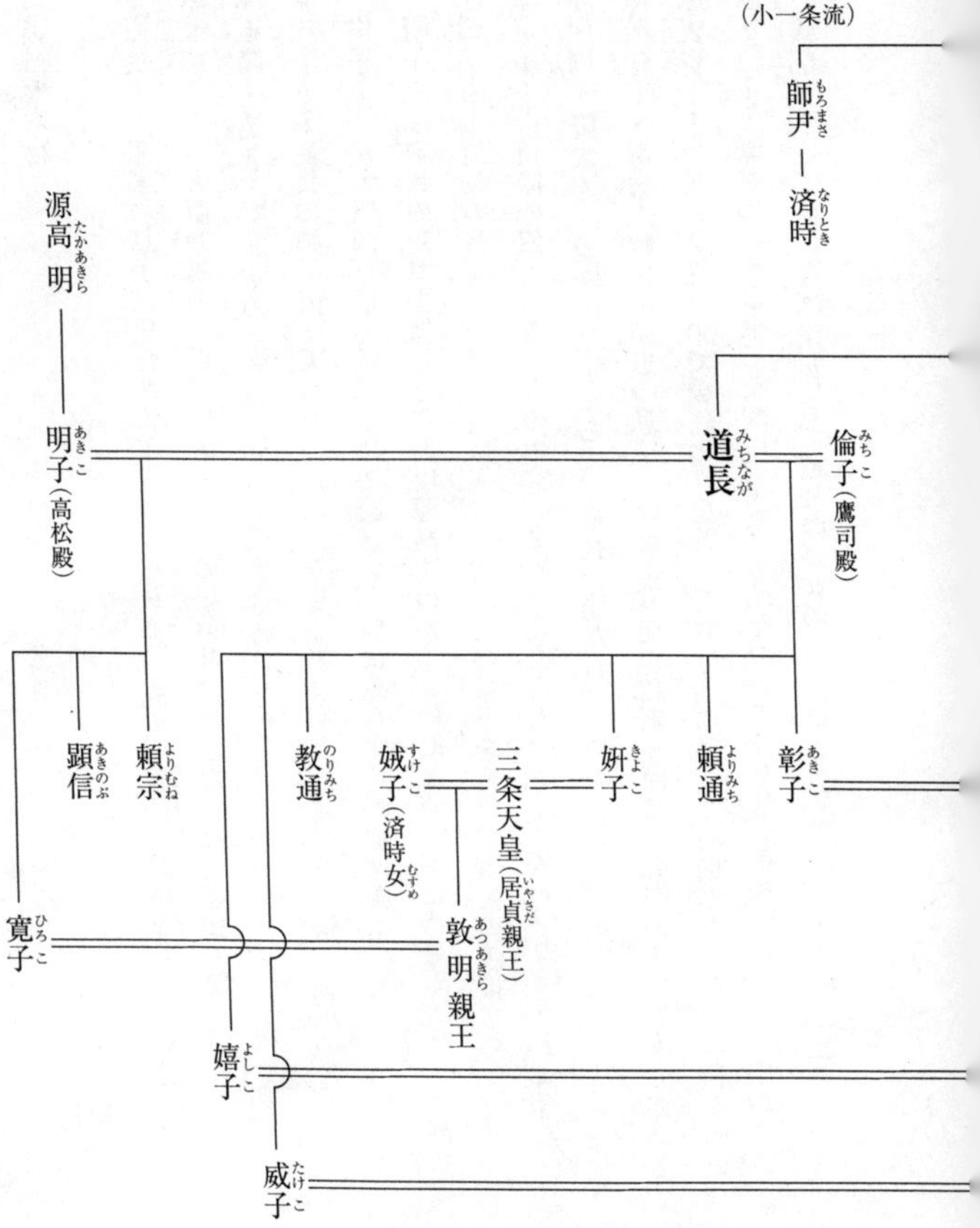
（小一条流）
師尹《もろまさ》
済時《なりとき》
源高明《たかあきら》
明子《あきこ》（高松殿）
道長《みちなが》
倫子《みちこ》（鷹司殿）
顕信《あきのぶ》
頼宗《よりむね》
教通《のりみち》
娍子《すけこ》（済時女《むすめ》）
三条天皇（居貞《いやさだ》親王）
妍子《きよこ》
頼通《よりみち》
彰子《あきこ》
寛子《ひろこ》
敦明《あつあきら》親王
嬉子《よしこ》
威子《たけこ》

◆主な登場人物

藤原道長《みちなが》……兼家の息子。兄たちに差をつけられているが、胸には野望を秘めている。

藤原兼家《かねいえ》……右大臣師輔《もろすけ》の三男。兄の兼通《かねみち》との兄弟仲は最悪だった。道長の父。

藤原道隆《みちたか》・道兼《みちかね》……兼家の正室の息子たち。道長の兄たち。

藤原詮子《あきこ》……道長の姉。円融《えんゆう》天皇の後宮に入り梅壺《うめつぼ》の女御《にょうご》と呼ばれる。懐仁《やすひと》親王の母。

源　倫子《みちこ》……左大臣源雅信《まさのぶ》の娘。土御門殿《つちみかどどの》という邸《やしき》に暮らす。呼称は鷹司《たかつかさ》殿。

源　明子《あきこ》……安和《あんな》の変《へん》で失脚した左大臣源高明《たかあきら》の娘。高松殿という邸に暮らす。呼称は高松殿。

藤原彰子《あきこ》……道長の長女。一条天皇に入内《じゅだい》し、二人の皇子を産み、道長の政権掌握に貢献。

藤原定子《さだこ》……道隆の娘。一条天皇の中宮（皇后）。敦康《あつやす》親王の生母。女房の中に清少納言《せいしょうなごん》がいた。

藤原伊周《これちか》・隆家《たかいえ》……道隆の息子たちで、道長の甥《おい》たち。

藤原公任《きんとう》……関白太政大臣頼忠《よりただ》の息子。政務に有能で和歌・漢詩・音楽の才にも秀でている。

藤原実資《さねすけ》……道長の又従兄弟《またいとこ》で公任の従兄弟《いとこ》。有職故実《ゆうそくこじつ》に詳しく天皇たちからの信頼も厚い。

打臥《うちふし》……兼家に仕える東三条院にいる女房。その身に神を憑《つ》かせ予知を告げる巫女《みこ》。

紫　式部《むらさきしきぶ》……『源氏物語』の作者。道長の長女彰子に仕える女房。藤　式部《とうのしきぶ》のこと。

序章

冬の月が夜空をさすらっている。

浮かんでいるのでも照らしているのでもなく、あてどなくさすらっていると、道《みち》長《なが》は感じた。もちろん月は毎晩、同じ道を通り、やがて山の端《は》へ沈んでいく。それでも、今夜の月がいつもと違って見えたのは、自身の心のありようのせいだろうか。

望月《もちづき》の夜であった。

月は欠けたところのない形をしていた。

「完璧《かんぺき》か」

道長は呟《つぶや》いた。

吐く息が白く凍《こご》える。

完璧とは、戦国七雄《せんごくしちゆう》の一国、趙《ちょう》の藺相如《りんしょうじょ》にまつわる故事のことだ。「和氏《かし》の璧《へき》」と呼ばれる趙の秘宝を、十五の城市と交換したい――西の強国、秦《しん》の王が伝えてきた時、藺相如は趙王の使者となって秦へ出向いた。しかし、秦王に城市を譲渡する意思がないと見抜くや、命懸けで和氏の璧を守り通し、無傷なまま持ち帰ったのである。この「璧を完《まっと》うして帰る」逸話から、「完璧」という言葉は生まれた。

(そうだ。私《わたし》もまた藺相如のごとく、璧を完うして帰らねばならぬ)

道長は心に期した。

道長の璧とは、和氏の璧のごとく、あるいは今夜の空に浮かぶ満月のごとく、目に見えはしない。今、この胸中にあるもの——まだ吉とも凶ともつかぬそれを、吉と為《な》して持ち帰らねば——。

道長は月から目をそらして、再び夜道を歩き出した。従者も連れず、明かりも持たず、月光だけを頼りに先へ進む。少し先は闇の中だが、もう足を止めることはなかった。

平安京の右京、二条大路《にじようおおじ》と西堀川小路《にしほりかわこうじ》に面して建つ小家《こいえ》——それが目当ての場所である。権門《けんもん》の公家邸《くげやしき》が建ち並ぶ左京と異なり、右京は暮らす人もなく、荒れている。

昼間でも立ち入る気になれないと、長兄の道隆《みちたか》は言った。次兄の道兼《みちかね》は、夜に右京へ足を踏み入れれば物《もの》の怪《け》に取って食われると、半ば本気で信じている。

そんな右京へ、夜にたった一人で足を踏み入れたと知ったら、あの臆病者の兄たちは何と言うだろう。弟はとうとう悪霊に憑《つ》かれてしまったと、顔を背《そむ》けるのだろうか。

だが、そんなところだからこそ、人目を避けたい者、怪しげな者たちが入り込む。ふつうの者には見えぬ何かが、見える者も――。

道長がこれから訪ねていくのは巫女《みこ》である。夢を解き、未来を読む力に、疑う余地はなかった。

やがて、道長は目当ての小家の前で足を止めた。迷わず木戸を叩く。薄い板を使っている上、建てつけがよくないため、戸ががたがたと揺れた。

二度ばかり叩いても返事はない。

「入るぞ」

道長は声をかけてから、戸を横に開けた。錠《じょう》はなくとも、棒などで戸が開かぬ工夫をしているかと思ったが、それもなかった。

家の中は、外よりも暗かった。だが、人のいる気配が感じられる。道長は太刀《たち》の柄《つか》に手を置きつつ、息を殺して、中の気配をうかがった。

目が慣れてくると、明かり取りの窓から入るわずかな月光でも、ぼんやりと物の輪郭くらいは見えるようになってきた。戸口のある土間の左手に、一段高くなった板の間があり、そこに筵《むしろ》のようなものを敷いて、女が座っている。

「夢を見た。占ってもらいたい」

道長は用件だけを告げた。女の表情は分からぬが、月明かりに映えた黒髪はまるで濡れているように見える。

「私が望月を手に抱き、都を照らしている夢だ」

道長は女の返事を待たず、淡々と告げた。

さあ、この夢を解き明かしてみせよ。吉夢なのか、凶夢なのか。

道長は待った。凍えるような寒さも、息をするのも忘れて、ただ女の予知を待った。

やがて、女の口が開かれる。その表情はよく見えぬというのに、唇の動くさまだけははっきり見えた。

道長は女の唇を凝視し、息を止めてその言葉を聞いた。

外へ出て、月を見上げた時、道長はようやく息を吐いた。思い出したように息を吸い、ゆっくりと踵《きびす》を返す。

歩きながら空を見上げると、月は瑕《きず》のない璧《たま》のごとく、完全な姿でそこにあった。

一章　毒を吐く

一

三ヶ月ほどが過ぎた天元《てんげん》五（九八二）年三月、円融《えんゆう》天皇の中宮《ちゅうぐう》が立つことになった。

道長の姉であり、右大臣藤原兼家《ふじわらのかねいえ》の次女である詮子《あきこ》はその有力な候補である。宮中では、梅壺《うめつぼ》に部屋を賜《たまわ》っていたので、梅壺の女御《にょうご》と呼ばれていた。

いよいよ立后《りっこう》の宣旨《せんじ》が下されるだろうという当日の十一日、父と兄たちから「女御のもとへ行き、万一の事態に備えておけ」と命じられた道長は、この姉のそばに控えていた。

今、詮子は実家である東三条殿《ひがしさんじょうどの》に宿下がりしており、南院《なんいん》と呼ばれる御殿で過ごしている。

「梅壺さまが中宮となられるに決まっていますわ」

詮子に仕える女房《にようぼう》たちは、立后の話題が出る度、そう口にした。

「そもそも、帝の御子《みこ》をお産みになった女人《によにん》は、梅壺さまだけなのですもの」

女房たちは必ずそう付け加え、互いに顔を見合わせて、満足そうにうなずき合う。詮子はそれに対して言葉を返すわけではないが、ほのかな笑みを浮かべている。

（まんざらでもないご様子だが……）

そんな姉を見ながら、道長はひそかに思いめぐらした。

確かに、詮子は二年前、円融天皇の第一皇子、懐仁《やすひと》親王を産んでいる。現在、東宮《とうぐう》の座には先帝冷泉《れいぜい》上皇の第一皇子が就いていたが、その次の東宮にはこの懐仁が選ばれる見込みも高い。

だから、中宮にも詮子が選ばれるだろうと予測できるわけだが、安心し切れない事情もまたいくつかあった。

今、微笑みを浮かべている詮子の眼差しは、時折ひそかに揺れている。実のところは不安と焦燥に駆られているのだ。そばに仕える女房たちにもその気分は伝わっており、さかんに詮子の意を迎えることばかり口にするのも、不安でたまらないからだろう。

それは、父や兄たちにしても同じで、彼らの言う「万一の事態」とは「中宮になれたら、すぐにその支度のお手伝いをしろ」という意である一方、「万一、中宮になれなかった時、詮子がろくでもない過ちを犯さぬよう見張っておけ」という意でもある。

中宮の座を逃した詮子がしでかしてしまいそうな過ちとは、勢い余って髪を切ってしまうというようなことだ。

（まあ、姉上ならやりかねない）

と、勝気な姉の少女時代を思い返しつつ、道長は詮子の乳母《めのと》に目を向けた。念のため、鋏《はさみ》を入れた箱は詮子のそばから離しておくよう、この乳母に頼んでおいたのである。道長と目の合った乳母は緊張した面持ちで、そっとうなずき返した。始末はついているらしい。

第一皇子の母でありながら、詮子が不安に駆られるのは最大の敵がいるからである。

弘徽殿《こきでん》に部屋を賜った女御、藤原遵子《のぶこ》であった。

子は産んでいないが、入内《じゅだい》したのは詮子より早く、父親の藤原頼忠《よりただ》は関白を務めている。父親同士の身分と地位を比べたら、遵子の方が有利であった。

（姉上が中宮になれなかったら、それは父上のせいだな）

道長は女房たちの会話には加わらず、一人思案にふけった。女房たちと一緒になって、「姉上は必ず中宮となれます」と言うこともできるが、万一中宮の座を逃した時、立場がない。姉からは「状況判断の甘い弟だ」と見なされるだろう。それならば、今はひたすらだんまりを決め込み、口を開くのは結果が分かってからでも遅くはあるまい。

（父上もそれが分かっているから、きまり悪くて、姉上のそばに来ないのだろう）

そのくせ、姉が中宮になれたら、それは自分のお蔭だと言わんばかりの顔で、ここへ駆けつけるのが目に見えているが……。

兼家は、息子の目から見ても、癖の強い男だった。

実力はある。運はほどほど。人望はない。

それが、道長から見た父親の姿である。

兼家は長男ではなく三男として生まれた。だから、本来ならばその父師輔《もろすけ》の「九《く》条流《じょうりゅう》」と呼ばれる家を継ぐことはできぬはずであった。

しかし、二人の兄が早くに亡くなり、その後継者である甥《おい》たちはまだ若く、兼家が九条流を率いる立場になれた。これは、兼家の運の強さである。姉の子――つまりは自分の甥が冷泉天皇、円融天皇として即位したのも、父の運の強さと言っていい。

それにもかかわらず、父が円融天皇の関白になれなかったのは、ひとえに父が兄の兼通《かねみち》から嫌われたせいであった。

兼通と兼家兄弟の仲の悪さは有名だった。道長が十二の年、伯父の兼通は亡くなったのだが、まさにこの伯父が亡くなろうという時、父が勇んで出かけていったことはよく覚えている。

伯父の見舞いに行ったのではない。伯父が死んだ後、自分を関白に任命してくれと願い出るため参内《さんだい》したのだ。

しかし、そんなあさましい父の姿を、円融天皇はどう御覧になったろうか。

この時、兼家の本心を知った兼通は、病身を押して参内した。そして、兼家から右近衛大将《うこのえのたいしょう》の地位を剝奪し、頼忠を次の関白に任命してから息絶えたという。

まさに、命を懸けた兄の嫌がらせによって、兼家は関白になり損ねた。そして、道長の想像では、この時、円融天皇の信頼もそれなりに失ったことであろう。

（だから、御子まで産んだ姉上が中宮になれなかったら、それはまあ、おおよそ父

上のせいだ）

と、道長は思うのである。

女たちばかりの席に、男は道長一人だけ。時折、会話が途絶えると、詮子や女房たちの眼差しがやや厳しめに道長へ注がれる。何か言え、とその目が言っている。

もちろん、詮子を含め女たちが望んでいるのは、詮子が中宮になれるはずだという力強い励ましの言葉だ。その根拠を示せるならば、なおのことよい。

女たちでは気のつかない、男ならではの理に適《かな》った根拠を述べよと、詮子たちは望んでいる。だが、そんな根拠など、懐仁を産んだこと以外にあるものか。詮子が中宮になれない場合の根拠なら、いくつか示すことができるけれども。

沈黙のきまり悪さがそれまでより少し長く、その場を支配した。こういう時は女房が気を利かせるものだが、さすがに話題も尽きたのか、あるいは道長にしゃべらせようとしてのことか、誰も口を開かない。

だが、この時、道長はそれ以上、気まずさに耐える必要はなかった。

部屋の外で控えていた女房が、新たな客人の来訪を告げたからである。

「兄君たちがお越しでございます」

客人は、詮子と道長にとって兄に当たる道隆と道兼であった。二人ともすでに婿《むこ》入りして、東三条殿を出ているが、今日は立后の知らせが来るかもしれないと、実家へ来ていたのである。二人がそろって来たということは、立后を告げる使者が我が家へ来たか、あるいは遵子が立后したことがどこかから伝えられたか。

それまでとは違う、張り詰めた緊張感にその場は包まれた。

詮子の顔にも、もはや笑みは浮かんでいない。

女房たちが急いで兄たち二人の座を設《しつら》え、道長の席は兄たちの脇へと押しやられた。

それからすぐ、道隆と道兼が現れた。道隆はゆったりと落ち着いた物腰で、その兄より少し背が高く痩せ気味の道兼はいささかせかせかした様子で、それぞれの座に着いた。

二人とも緊張を隠せていないが、喜びと失望――そのいずれかに偏った表情は見せていない。女房たちは二人の表情から結果を読み取ろうとしたようだが、読み切れない者が大半で、ますます眉を険しくしている。が、道長には分かった。

（駄目だったか……）

部屋へ入ってきた時、すぐに目を伏せた道隆と、眉間にしわを寄せまいと眉をひくつかせている道兼を見て、分かってしまったのだ。

「女御さまにはご機嫌いかがでいらっしゃいますか」

「ご挨拶が遅れて申し訳ありません。道長はお話し相手をよう務めておりましたか」

道隆と道兼がそれぞれいつも通りの挨拶をする。しかし、それが今日ばかりは鬱《うっ》陶《とう》しいことこの上ない。それでも、天皇の女御となった妹に対し、二人の兄たちが挨拶を省いて、いきなり用件だけを告げるという無礼は働けなかった。

「兄上たちもお健やかで何より。道長殿が来てくださったので、女房たちも退屈しのぎになったようで、話も弾んでおりましたわ」

詮子が言葉を返す。

通常、詮子のような身分の者は、相手と直《じか》に言葉を交わしはしないのだが、さすがに兄妹間のことなので、そこまではしない。

それから、桜が散りかけただの、父の兼家がこんなことを言っていただの、懐仁親王のご機嫌はどうのといったうわべだけの会話が延々と続いた後、

「ところで」

と、道隆が少し声の調子を変えて切り出した。だが、この頃にはもう、詮子の表情は沈んでいた。立后の宣旨が届いたならば、世間話を長々と続けるはずもない。

「何でございましょう」

　いよいよ不愉快な知らせを聞かねばならぬとなった時、詮子は凛《りん》とした表情で兄を促した。右大臣の娘として、天皇の女御として、恥ずかしい態度は見せられないという姉の覚悟と誇りであった。

　こういう時、この姉のことを本当に大した人だと道長は思う。

「実は、先ほど、勅使が三条関白《さんじょうかんぱく》の邸へ出向いたという知らせがありまして」

　三条関白とは藤原頼忠のことであり、その娘の遵子がそこへ宿下がりしている。立后の宣旨がそちらへ下されたということであった。

　詮子は何も言わなかった。道隆もそれ以上語りはしない。嫌な知らせはできるだけ短く、さっさと切り上げるに越したことはないのである。

「では、これにて」

　と、道隆は立ち去ろうとした。

　だが、道兼はすぐに続こうとはしなかった。

「先ほど、関白の子息の車が門前を通っていったのですが、その際、『こちらの女御はいつ后《きさき》におなりだろうか』と放言したとか。不愉快な男です。いずれ目にもの見せてくれましょうぞ」

と言った時、道兼はもう、うわべも取り繕《つくろ》おうとはしていなかった。その眉は激しい敵意に満ちている。

だが、この道兼の発言により、かろうじて保たれていたその場の平穏は一気に砕け散った。

「何という言葉でしょう」

「無礼にもほどがある……」

女房たちは怒りに満ちた声を上げ、涙を漏らし始めた。詮子はさすがに言葉も涙も漏らさなかったが、その表情は凍りついていた。

「よさぬか。くだらぬ話で、女御さまのお耳を汚すとは――。そなたはもう少し気遣いということを覚えるがよい」

道隆が慌てた様子で、道兼を叱りつける。

だが、道兼はふてくされた表情を浮かべただけで、特に悪いことをしたとは思っていないようだ。とはいえ、詮子に対しては深々と頭を下げ、謝意を示してから立ち上がった。

こうして道隆と道兼は去っていったが、二人の兄たちは一度も道長に声をかけはしなかった。父のいる本院《ほんいん》へ戻ってこいとも言われなかったので、去ることもできない。

すっかり湿っぽくなった女たちの座の中に、再び男一人で取り残される形となった。

二

「主上《おかみ》はいったい、何をお考えなのでしょう。こちらの女御さまには皇子もおありというのに」

「まったく。いずれ皇位を受け継がれる皇子の母君をこそ、后になさるのが道理ではございませんか」

「弘徽殿さまはたいそう地味なお方で、さほどご寵愛が深いとも聞きませんのに」

「こちらの殿は主上の叔父君。その叔父君を差し置いて、関白のご機嫌を取られるなんて。納得できませんわ」

道隆と道兼が去ってからはもう、女たちの悲嘆の声がその場にあふれ返った。さすがに誰も詮子に同意を求めはしないので、勢い道長がその相手となる。

「若君もそうお思いになりますでしょう？」

目の縁を濡らした女たちから、強く同意を求められたが、道長は相変わらず口を閉じていた。ここで迎合すれば女たちの支持は集められるだろうが、下手をすれば、円融天皇を批判したと見なされかねない。もちろん、この邸の中で何を言おうと責められはしないが、今、詮子のために涙する女房たちの中に、関白に通じる者がいたとすれば……？　そうでなくとも、彼女らが数年先も詮子に忠実とは限らない。用心に越したことはないのだ。

「そなたたち」

それまで女房たちの話に加わっていなかった詮子が口を開いた。

「少し下がっているように。わたくしは道長殿と折り入っての話がしたい」

詮子の鶴の一声で、女房たちはいっせいに「かしこまりました」とその場を下がっていった。まるでこの機を待っていたのだというすばやさで、あっという間にいなくなる。

「周りに誰もいないことを確かめてから、下がっておくれ」

最後まで残った乳母に、詮子はそう告げた。

「抜かりなく確かめますゆえ、ご安心を」

そう答えて、乳母は下がっていった。辺りを埋めていた色とりどりの女房装束《しょうぞく》が消えてしまうと、その場はがらんと殺風景になる。

「もっと近くへいらっしゃい」

詮子は二人きりになると、優しい声をかけてくれた。同母兄弟の中で末弟の道長にとって、いちばん年の近いこの姉が最も親しみを感じる相手である。詮子もただ一人の弟である道長のことを、幼少の頃よりかわいがってくれた。

だが、互いに親しみを持つということは、その分だけ遠慮のない間柄ということでもあり……。

「ああ、悔しい！」

道長が詮子のすぐ目の前へ着座するなり、詮子の怒号が飛んできた。

「悔しい、悔しい、悔しい。このわたくしが弘徽殿ごときに負けるなんて」

「お気持ち、お察しいたします、姉上」

道長は沈痛な面持ちで慰《なぐさ》めた。

「教えてちょうだい。このわたくしのどこが弘徽殿に劣っているというの」

「まさか。姉上が弘徽殿の女御に劣っているところなど、何一つございません。世間の皆がそう言っております。弘徽殿の女御は地味で目立たぬお方。麗《うるわ》しい桜のごとき姉上に比すれば、花咲かぬ深山木《みやまぎ》にしか見えない、と――」

「そなた、弘徽殿を見たことなどないでしょう」

詮子の眼差しが険を含むものとなっていた。

「いや、その、皆がそう申していましたので」

「人の言うことを鵜呑みにするなど、愚かなことですよ。人は誰しも自分に都合のよいようにしか見ないものなのです。まあ、弘徽殿が地味な人であるのは事実ですけれど」

「……いずれにしても、弘徽殿の女御が姉上に勝《まさ》っているところなどありません。まあ、あちらの父親は関白ですが……」

「道長殿、そのことは口にしてはいけません。わたくしたちの父上を辱《はずかし》めることになってしまいますからね」

詮子は他人がいない場においても、父の悪口だけは言わなかった。これは昔から変わらないことで、今回、詮子が中宮の座を逃したのは兼家のせいとしか思えないのに、父を恨む気持ちはないようだった。となると、ここで父の悪口を言うのは逆効果だ。

「分かりました。ですが、姉上が弘徽殿の女御に何一つ劣っていないのは本当です。もしかしたら、主上はそんな弘徽殿の女御を哀れに思い、ただただ気の毒に思う気持ちが勝って、この度のことを……」

「あの人はたいそう賢いそうよ」

詮子が陰にこもった声で呟くように言った。

「えっ」

「だから、弘徽殿は賢くて信心深い人なんですって。主上がわたくしにそうおっしゃったのだから、間違いないわ」

「……そうなんですか」

その話は聞いたことがなかったが、遵子が本当にそういう人柄であるならば、確かに中宮という立場に似つかわしいかもしれない。中宮になれなかったからといって、悔しいと喚き散らすこの姉よりはずっと――。

「漢字もすらすら読めるのだそうよ」

詮子の声には怨念すらこもっているように、道長には聞こえた。

「しかし、女人《わめ》が漢字を読めたからといって……」

「わたくしは漢字が読めないわよ。だって、仕方ないでしょう。母上だって漢字なんて読めなかったし、父上だって教えてくださらなかったんだから。女があまり賢くなりすぎると、かえってよくないとかおっしゃって。そんなことを言うくせに、父上はいっとき母上を顧みず、あの聡明で評判高い左衛門佐《さえもんのすけ》の母君をご寵愛になられたのよ。何のかのと言っても、やっぱり賢い女がお好きなんだわ」

息も吐《つ》かずに言い散らすと、詮子はしゃくりあげた。

左衛門佐とは、二人の異母兄に当たる人物で、名を道綱《みちつな》という。その母親は確かに聡明と評判高く、『蜻蛉日記《かげろうにっき》』と呼ばれる日記なんぞを書いたりしていたが、父との仲はもう絶えていたはずだ。父はこの賢い女に振り回されたことで懲《こ》りたのか、娘たちに度の過ぎた教養を身につけさせようとはしなかった。

「そういえば、大兄上《おおあにうえ》（道隆）も漢字の読める女がお好きでしたね」

詮子の話の方向は少しずつ本筋からそれ始めている。遵子を妬《ねた》むあまり、漢字の読める女をすべて恨むのは間違っているが、まあ、それで気がまぎれるならいいだろう。

「ああ、それは高内侍《こうのないし》のことですね」

と、道長も気安く受けた。

長兄の道隆は宮中一聡明だという評判の女を、我がものとした。高階貴子《たかしなのたかこ》という、すでに子も何人か生まれている。

「ですが、私は漢字が読める女より、母上や姉上のように優しくて面倒見のよい人がいいですね」

適当に、詮子を持ち上げておく。

「あなたがどんな人を好きになろうと、それはかまいませんが、妻にするのは大臣《おとど》以上の娘になさい。そして、ご自身の娘が生まれたら、必ず漢字をすらすら読めるよう教えを施すのです」

「はあ。漢字ですか……」

摂政関白に手の届きそうな家に生まれたからには、道長とて自分がそうなる日を夢見ている。それは、自分の娘を持ち、その娘を入内させ、娘が皇子を産むという道のりの末に実現する夢であるから、道長にとって婿入りは一大事であった。

だが、婿入りまでは将来のこととして想像できても、自分の娘というものはまだ想像できない。

「まったく、のんきなこと。娘ができたら、その子を入内させるべく育てるのがそなたの役目ではありませんか」

詮子はいくらか口調を和らげ、道長をたしなめるように言った。

「おっしゃる通りですが、私はまだ婿入りもしていませんし」

「そうなのよねえ。そなたももうそういう年頃なのに。父上はご自分のことで精一杯だし、母上もお亡くなりになってしまわれたし」

たった一人の同母弟がどこにも婿入りできなかったら困ったことだと、詮子は溜息を漏らす。

「ですが、道長殿。わたくしがおります。もし何か悩んだり困ったりすることがあれば、わたくしに打ち明けるのですよ」

詮子はいつもの面倒見のよい姉の顔になって言った。道長が最も馴染みのある姉の顔だ。二年前に母が亡くなってからは、この姉の顔が母に重なって見えることすらある。

「それにしても、わたくしに対する関白の子息の無礼な物言い、そなたも聞きましたね」

うまい具合に姉の関心が脇へそれたと思っていたら、今度は急に本筋へ戻ってきた。

「ええ。兄上がおっしゃっていたことですね」

詮子と道長の間で「大兄上」とは道隆のこと、ただ「兄上」といえば道兼のことである。

道兼は周囲の顔色を読むことをせず、率直に物を言うので、一部の人から嫌われることがままあった。その手の配慮や気配りを誰よりも重んじる長兄道隆などは、いつも眉をひそめている。

「あれって、四位侍従《しいのじじゅう》のことよね。確か、そなたと同い年の……」

「はい。公任《きんとう》めのことでしょう。まず間違いなく」

道長は相手の諱《いみな》を遠慮なく口にした。今の道長は従五位下《じゅごいのげ》であるのに、同い年の公任が従四位下《じゅしいのげ》であるのが、前々から気に食わなかったのだ。まあ、あちらは関白の嫡男ではあるが……。

「たいそうな秀才で、関白ご自慢の跡継ぎであると、よい話しか聞かなかったけれど、何と無礼な男でしょう。ああ、腹立たしい。どんな秀才であろうと、心がねじけていてはろくな者にならないわ」

「まったくです、姉上。公任めは子供の頃から秀才の評判が高かったから、皆が目をくらまされているのでしょう。賢いことと器量の大きさは決して同じではないというのに」

道長はこの日いちばんの熱心さで訴えた。

公任が優秀なのは事実である。歌のうまさときたら、同世代の中で抜きん出ているし、漢詩も巧みに作る。管絃に至っては何を吹奏させても難なくこなし、漢学の書物を読みこなし、すでに関白と政《まつりごと》について語り合うことができるらしい。

とにかく、鼻持ちならない男だ。

「道長殿、公任とやらの秀才ぶりは本当のことなの？」

詮子もまた、道長と同じく、公任と呼び捨てにして訊《き》いてきた。

「それは、まあ。父上が昔、自分の息子たちは公任の影も踏めないとおっしゃった奴ですからね」

道長はしぶしぶ答えた。口にするのも業腹《ごうはら》だが、黙っているのは自分を格下と認めてしまうようで、もっと嫌だった。

「ああ。その話に出てきたのが関白の子息だったのですね」

詮子は合点がいったという様子でうなずいた。

それは、まだ道長が元服《げんぷく》もしていなかった頃の話である。どこかで公任の優秀さを聞きかじってきた兼家が、何を思ったか、道隆、道兼、道長の三人を呼び出し、公任がいかに優れているかということを話し出した。公任が作ったとかいう和歌だか漢詩だかを褒めちぎり、『古今和歌集《こきんわかしゅう》』を暗唱しただの、『白氏文集《はくしもんじゅう》』を読破しただの、いろいろと並べ立てた挙句、

——お前たちの中に、三条殿（頼忠）のご子息に敵《かな》う者がいるか。まったく三条殿がうらやましい。お前たちは三条殿のご子息の影さえ踏めまい。

と、言ったのだった。

二人の兄たちは父から目をそらしていた。

大方、「父上の息子なのだから仕方あるまい」と言いたかったのだろうが、目を合わせてしまうと見抜かれるので、あえてそらしていたのだろう。

この時、道長は父の目を見つめ返して言った。

――それなら、父上。私はいつか、そやつの影ではなく面《つら》を踏んでやります。

そんな道長に、父は「お？」という目を向けてきた。二人の兄たちは「愚かな奴め」という目を向けてきた。

この話はどういうわけか、世間に広まった。公任の優秀さと、道長の根拠のない自惚《うぬぼ》れぶりを伝える逸話として。

父から公任の話を聞いた時、道長は公任のことなど知らなかった。どれほど優秀か聞かされても、倒すべき敵の姿が見えなかった。だから、大口を叩くことも平気だったのだ。

だが、その後、公任を知り、その何でもこなす豊かな才能を知った。今はまさか、和歌や漢詩や学問で公任の上に立とうとは思わない。それは、時を無駄に費やすことだ。

「道長殿」

詮子から改まって呼びかけられ、道長は我に返った。

「そなた、その時、公任の面を踏んでやると言ったのでしたね。その気持ちは今も変わっていないのでしょうね」

道長は姉の目をまっすぐ見据えた。

「もちろんです、姉上」

瞬《まばた》きもせず、一気に答える。

その答えに、一筋の嘘も迷いもありはしない。

(私は必ず、公任より高い位に上ってやる)

個々の才が劣っていようとも、それは不可能ではないはずだ。知恵と運がありさえすれば――。

「わたくしも今日、公任から受けた仕打ちは一生忘れません」

詮子は非常に落ち着いた声で述べた。

「兄上が公任の言葉を教えてくれた時、大兄上は兄上をお叱りになった。気遣いが足りぬと――。でも、わたくしは教えていただいてよかったと思っています。どんなに不愉快なことでも、知らないよりは知っている方がいい。知れば、この先、さまざまなことを為せますもの」

「さまざまなこととは……」

「同じだけのことを、返して差し上げるということよ」

詮子の口もとに冷たい微笑が浮かんでいた。

道長の心は熱く奮い立った。

「同じでは足りますまい。必ずそれ以上のものを返してやりましょう」

必ずや公任の面を踏んでやる——この日、道長は幼い頃の決意をもう一度新たなものとして胸に刻み直した。

三

婿入り前の道長の住まいは、父が暮らす東三条殿の本院である。詮子が宿下がりした時は、ここの南院で、息子の懐仁親王と共に過ごすことになっており、本院と南院は同じ敷地内ではあるが別棟であった。

母の死後、父が後室《こうしつ》を東三条殿へ迎えたら厄介だと思っていたが、今のところその気配はない。今の父はどうやって関白職を手に入れるか、そのことで頭がいっぱいのようだ。

まあ、余所《よそ》の女が入ってきたら、姉の南院で厄介になればよいのだが……。急いで婿入り先を探すという手もあるが、姉の言う通り慎重を期した方がよいだろう。兄の道隆、道兼と競い合うのであれば、その競争力を支えてくれる家の娘が望ましい。当てはすでにあった。

(そういや、そろそろ土御門殿《つちみかどどの》の姫君に文《ふみ》や花など贈っておかなければな)

あまりしつこくしては嫌われるから、ほどほどを心掛けていたが、道長にも恋文を送る相手はいた。まぎれもない左大臣の娘であり、詮子が口にした条件にも適っている。もっとも、まだ返事をもらったことは一度もなかったが……。

道長は東三条殿本院へ到着すると、まず父のいる母屋《もや》へ行き、戻ったことを伝えた。兄たち二人はすでに帰ったという。

「女御さまはどんなご様子であった」

父は不機嫌さを隠さずに訊いた。

「はい。悲しんではおられましたが、世をはかなむというふうではなく……」

「あの方が世をはかなみなどするものか」

苛立たしげな父の声が飛んできた。確かにその通りだ。怒りで我を忘れることはあっても、泣き暮らすことはない。剃髪《ていはつ》の心配をしたのも、怒りゆえの衝動でそうする恐れがあったためである。

「ええと、今日のことは一生忘れないとおっしゃっておられました」

「ふむ、さようか」

父はこの時だけは感じ入ったような表情を見せた。

「私も今日のことは忘れまい。お前も決して忘れるな」

「かしこまりました、父上」

道長が頭を下げると、父からはもう行けというふうに手で追い払われた。そこで母屋を去り、自らにあてがわれている西《にし》の対《たい》の曹司《ぞうし》へ向かった。

西の対まで来れば、父に仕える女房たちもいなくなる。局《つぼね》が設けられた透渡殿《すきわたどの》を少し行くと、

「若君」

と、ひそかな声が聞こえてきた。道長は足を止め、耳を澄ませた。再び「若君」と声がした時、道長は声の主の居場所を突き止め、その局を開けた。

直衣《のうし》の袖をつかまれ、中へ引き寄せられる。

倒れ込むように屈むと、目の前には狐の面をかぶった女がいた。面を除けば、格好はふつうの女房装束である。

道長は狐の面に顔を近づけ、それをすばやく引き剝《は》がした。現れたのは美しい女の素顔――だが、齢《よわい》のほどはよく分からない。若くも見えれば、道長の母親ほどの齢とも見える。

「打臥《うちふし》か。来てくれると思っていたぞ」

道長は低い声でささやくように言った。

東三条院には「打臥」と呼ばれる女房がいる。

兼家に仕えており、その夜伽《よとぎ》もしていると言われていたが、そこは道長の知るところではない。だが、兼家のお気に入りであるのは事実であった。

なぜなら、打臥はその身に神を憑かせ、さまざまな予知を告げる巫女だからである。

神が憑くと、打ち臥して予言を口走るため、兼家は彼女を「打臥」と呼んだ。女房といっても、他の者とは扱いが異なり、予知以外の仕事はしない。さらに、仕事がない時の彼女は、勝手気ままに振る舞うことを許されており、彼女の言動を咎《とが》める者はこの邸に一人もいなかった。

打臥のことは、もちろん道長も前々から知っていた。だが、容易に近づくことは躊躇《ためら》われた。子供の頃はその不可解な力を恐れる気持ちから、長じてからは、父の機嫌を損ねるのではないかと用心する気持ちから。

打臥が誰と親しくしようが、誰も打臥を咎めはしない。だが、それを見た者が兼家に注進する恐れはあった。

もしも、兼家が打臥の力は自分のためだけに使うべきだ、などと考えていた場合――その見込みはかなり高いのだが――たとえ息子であれ、打臥の力を利用しようとする者を、兼家は警戒するだろう。兼家がそうでなくとも、二人の兄たちから警戒されるのは間違いない。

そんなことから、道長は東三条殿において、打臥に近づくのを慎重に避けた。

だが、三ヶ月ほど前、どうしても打臥の力を借りなければならぬことが起きた。

それは、とある夢を解いてもらうこと。

夢は正しく解き明かされなければならない。そうしなければ、吉夢が凶夢になることも、そのまた逆も起こり得る。そこで、道長は打臥が右京の自宅へ帰った日を見澄まし、真夜中にそこを訪ねたのである。あの晩のことは誰にも知られていないはずだ。

以来、打臥は東三条殿においても、こっそり道長に近づいてくるようになった。

――大丈夫。わたくしは決して他人に見咎《みとが》められるようなことはないから。

心配する道長に、打臥はそう微笑んだ。

――大殿《おおとの》（兼家）にも二人の兄君たちにも、悟られるような愚は犯しませぬ。

自信たっぷりに言われると、確かにそうかと思われた。神の依り代《よしろ》となる女に、できないことなどあるはずがない、と――。

「どうして、わたくしが若君に会いに来ると思ったのです」

打臥は謎めいた微笑を湛《たた》えて訊いてくる。その顔は息が触れるほど近くにあった。

「すでに、姉上が中宮になれなかったことは知っているのだろう？　いや、そのことはずっと前から知っていたのかもしれぬが……」

打臥は何とも答えない。

「私に今為すべきことを教えに来てくれたのだろう？　私は何をすればよい。取りあえずは姉上をお慰めしてきたが……」

どんなふうに慰めたのかと問われたので、怒り心頭の詮子に合わせ、公任と遵子の悪口を言ったと答えた。

「公任の悪口を言うのはよしとして、弘徽殿の悪口はやめることですね」

打臥は少し考え込むような表情で告げる。

「そういえば、姉上から『弘徽殿の顔を見たことはないだろう』と言われたな」

「若君が女の顔立ちや性状について、あれこれ言うのはいけません。下手をすれば、虎の尾を踏むことになりかねませんよ」

「そうか。以後は気をつけよう」

道長は神妙に言った。

「公任の悪口はお好きなように。ただし、父君や兄君たちの前ではいけませんよ」

「それくらいは弁《わきま》えている。父上や兄上たちの前で公任を貶《おとし》めれば、ひがみと思われるからな」

「その通りです」

打臥は満足そうにうなずいた。

「それにしても、公任は虎の尾を踏みましたね。あれで、当代一の秀才とはあきれ果てたもの」

「まあ、姉が中宮になって、舞い上がってしまったのだろう」

どんな秀才でも、隙は見せるということだ。

学問をとっても和歌や漢詩をとっても、道長は公任には敵わない。それでも、そんな男の上に立つ日が来るとすれば——。

「若君は天下の王となられるお方」

不意に、打臥が真面目な表情になって告げた。

「ああ。その言葉を疑ってはいない」

道長が天下の王になるという予知は、打臥が授けたものであった。あの望月を抱き、平安京を照らす夢を、打臥がそう解いたのだ。

そのことが、打臥と道長とを強く結びつけることになった。

打臥は、道長こそ天下の王になる器と見抜き、力を貸すと言ってくれた。無論、兼家や二人の兄たちに知られてはならぬ秘事である。

「大殿も梅壺さまも、これで引き下がるお方ではありません。必ず巻き返しに出られます。その時、若君はお二方の力におなりなさい」

そのことを告げに来たのだと打臥は言った。そして、驚くほど身軽に立ち上がると、その場に道長を残して、あっという間に去っていった。現れる時も不意のことなら、立ち去る時も急である。だが、それもいつものことだ。

（天下の王となる——）

父が摂政関白となり、二人の兄たちではなく、この自分を後継者と定める日がきっと来る――。あの夢を打臥に解いてもらった時から、それは道長の思い描く行く末そのものとなった。

二章　天皇を塡《は》める

一

それから三年ほどを経た寛和元《かんな》（九八五）年の夏、夜も更けかけた清涼殿《せいりようでん》には、一年前に即位したばかりの花山《かざん》天皇がいた。殿上《てんじよう》の間《ま》に控えていた公卿《くぎよう》や殿上人たちも、なかなか帰ろうとしない。

十八歳の若い天皇のそばには、二十歳の道長をはじめ、兄の道隆や道兼、同い年の公任など、天皇と同世代の者たちがいた。

「五月《さつき》の闇は深いと聞くが、それはまことか」

天皇はその晩、ふと思い立ったように問いかけた。

「はい。この頃の夜は一年のうちでも特に暗いものとされ、五月闇なる言葉もございます。歌に詠まれることもございますので」

公任が問いに答えた。この手の問答における第一人者は、やはり公任である。誰もがそれを分かっているから、若干鼻につくと思いはしても、あえて対抗しようとはしない。

「ふむ。いかなる歌がある」

花山天皇のさらなる問いに、公任はわずかの迷いもなく、一首の歌を朗々と口ずさみ始めた。

五月闇　おぼつかなきに　ほととぎす　鳴くなる声の　いとどはるけさ

明日香皇子《あすかのみこ》とやらの歌だというが、道長は聞いたこともなかった。『古今和歌集』に載る歌であれば、「聞いたことはある」くらいには思えたろうから、そこにも入らぬ歌なのだろう。

「おお、その歌ならば、聞いたことがある」

と、その時、口を開いたのは、蔵人頭《くろうどのとう》に右近衛中将《うこのえのちゅうじょう》を兼ね、「小野宮《おののみや》の頭中将《とうのちゅうじょう》」と呼ばれる藤原実資《さねすけ》であった。道長より九歳年長で、公任と同じ小野宮流藤原氏の出である。確か、公任の従兄《いとこ》に当たる男だ。

このところ数代にわたり、道長たちの九条流《くじょうりゅう》を外戚とする天皇が立っていた。そのため小野宮流は主流を外れた感があるのだが、そもそもは藤原氏の嫡流なので、いまだにその気分が抜けぬらしい。公任が東三条殿の門前で、詮子への暴言を吐いたのも、嫡流としての矜持《きょうじ》と九条流への対抗心があるからだ。

そして、この小野宮流には藤原氏の先祖たちが集めた多くの典籍や貴重な書物が伝わっており、この手の話題になると、いきいきした表情でしゃしゃり出てくる。

他に、五月闇を詠んだ歌はこれこれがある、五月闇は橘とほととぎすのどちらと共に詠まれることが多いか、など、公任と実資は天皇の御前で議論を始めた。花山天皇が和歌好きで、才あることはよく知られており、今も二人の話に興味深い様子で聞き入っている。

道長とて、和歌について話をするのは決して嫌いではない。だが、公任と実資が相手では、自らの無知を御前で露呈することになりかねず、話に加われなかった。近くにいる兄たちの顔色をうかがうと、長兄の道隆は実資たちの方へは目を向けず、次兄の道兼は実資らを忌々《いまいま》しげに睨《にら》みつけていた。

どちらも、自分と同じようなことを考えているのだと分かれば、何やら情けなくなってくる。

花山天皇が即位した際、東宮に指名されたのは、詮子が産んだ懐仁親王。詮子は中宮争いでこそ敗れたものの、いずれは天皇の母となる。その時こそ、あの公任から詮子が受けた恥辱をすすいでやれるというのに、自分たちときたら、公任とまともに議論さえできぬありさまなのだ。

自分の腑甲斐《ふがい》なさも含めて舌打ちしたい気分に駆られた時、道長は花山天皇がそっと扇を口もとへ持っていくのを見た。さすがに歌好きの帝でも、延々と同じ中身の話を聞かされれば飽きてこようというものだ。

「五月闇といえば――」

その時、道長は声を張り上げた。

「肝試《きもだめ》しではございませんか」

とりあえず、傍らの兄道兼に目を向けて問うた。もちろん、天皇の耳にも届くよう声の大きさは調整している。

「なに、肝試しだと？」

道兼が虚を衝かれた表情で訊き返した。

「さよう。今宵はしとしとと五月雨《さみだれ》が降り、月も星も出ておりません。このような晩に、誰もいない場所へ行く度胸があるかどうかを、試すのでございますよ」

道兼は疎《うと》ましそうな表情を浮かべたまま、何も言わなかったが、

「何やら、面白そうな話ではないか」

と、花山天皇はさっそく食いついてきた。

もともと熱しやすく冷めやすい質《たち》の天皇のこと、新しい話題に乗ってくるだろうという見込みは見事に当たった。

「いかがでしょうか、主上。闇の深き今宵、ここにいる面々で肝試しをするという趣向は――」

急に話を遮られ、憮然《ぶぜん》としている実資と公任を横目に、道長は意気揚々と言った。

「それは面白い。言い出したからには、道長よ、そなたは引き受けるのであろうな」

「もちろんでございます」

道長は答えた。

「実資と公任はいかがか」

目の前にいた二人に、天皇は問う。

「私めは辞退いたしましょう。さような遊びは、若い方がなさるのがよろしい」

実資はにべもない調子で言った。

「では、公任は加わるであろうな」

花山天皇の目が期待混じりに公任へ注がれる。

「とんでもない」

公任はふるふると首を横に振った。

「明らかならざるものには近づかぬと、決めておりますので」

口ではもっともらしいことを言っているが、顔色が蒼ざめているのは無類の怖がりということだ。

「なるほど、君子危うきに近寄らず、と言いますからね。さすがは関白のご子息」

道長がすかさず嫌味を口にすると、公任は不満げな表情を浮かべつつも、言い返してはこなかった。

「しかし、道長一人では面白うない」

天皇が不服そうに言った。下手をすれば、自分がやると言い出しかねない無謀なところが、この若き帝にはある。

「それでは、ここに東三条殿のご子息お三方がおそろいゆえ、ご兄弟で競い合っていただくのがよろしいのではありませぬか」

その時、実資が言い出した。

「それはよい」

と、天皇がすかさず声を上げるのと、

「何をおっしゃる」

と、道隆が抗議の声を上げるのはほぼ同時であった。

覚えず、天皇の発言と反することを言ってしまったきまり悪さを、ごほんと咳払いでごまかすと、

「頭中将殿、お分かりであろうが、私は貴殿より年上なのですぞ」

と、実資を名指しし、抗弁した。

実資は二十九歳、道隆は三十三歳になる。実資が年齢ゆえに断る理屈が通るのなら、道隆もこの肝試しに加わる必要はない。ところが、

「そこは、弟君が言い出されたことゆえ、兄君が盛り上げて差し上げるべきでござろう」

しれっと、実資は言い返した。

「無論、私は貴殿の弟君とは何の関わりもないゆえ、ここは見物人に徹しますが」

「見物ならば、私も喜んで加わらせていただきます」

すかさず公任が言い、その他の殿上人たちが我も我もと、公任に続く。

結局、自らやると言い出した道長の他には、道長の兄ということで強制参加させられた道隆と道兼、この三人で競い合うことになった。

（本当なら、公任めや小野宮の頭中将と渡り合いたかったが……）

しかし、兄たちとの勝負も悪くはない。

兄たちの顔色の不機嫌さ、困惑ぶりを見れば、とうていこの勝負における強敵とはならないからだ。ここで、兄たちに勝って、道長は度胸ある者と天皇に認めてもらうのも悪くはなかろう。

花山天皇の生母は藤原氏九条流ではあるが、道長たちの従姉妹に当たる人物で、その程度の血縁ではなかなか目をかけてもらえなかった。こうなったら、個人の能力や特技で、天皇のお気に入りとなるより他に道がない。

（今の帝がご退位なさったら、姉上の御子である東宮さまが即位なさり、私も帝の外叔父となれるのだがな）

だが、花山天皇はまだ十八歳なのだから、その御世《みよ》はもうしばらく続くと見るしかない。となれば、このような機会を逃すわけにはいかなかった。

「それでは、三人一緒に出発してもらおう。道隆は豊楽殿《ぶらくでん》、道兼は仁寿殿《じじゅうでん》の塗《ぬり》籠《ごめ》、道長は大極殿《だいごくでん》へ行け」

花山天皇はそれぞれの行き先を決めると、豊楽殿と大極殿が隣り合わせているため、同じ道を通っていかぬよう、道隆は右衛門《うえもん》の陣《じん》から、道長は承明門《しようめいもん》から行くようにと細かい指示をした。

見張り役の武士が付けられることになったが、

「大極殿の前の昭慶門《しようけいもん》まででけっこうでございます。それより先は一人で参りますゆえ」

と、道長はあくまで一人で行くと言った。

「しかし、それではそこまで確かに行ったという証《あかし》が立つまい」

と、花山天皇が言う。

「それもそうでございますね」

道長は天皇に小刀を貸していただきたいと申し出た。天皇は子供のようにわくわくした表情を見せつつも、どう使うのかは訊かず、道長に小刀を差し出した。

これで大極殿まで行けずに戻ってきたなどという結果に終われば、いい笑いものである。

小刀を受け取った時、天皇の近くに座っている実資と目が合った。

――くだらぬ余興に喜ぶ愚か者どもめが。

と、その目は言っていた。

やがて、道長は付き添いの武士と共に大極殿へ向かった。幸い雨は上がっていたが、墨を流したような夜空には月も星もない。闇夜を照らす松明《たいまつ》だけを頼りに、水たまりをよけながら道長は進んだ。

昭慶門に行き着くと、付き添いの武士にはその門前で待つよう命じ、一人大極殿に入っていく。

松明が照らし出すのは足もとの周辺だけ。大極殿の壁さえよく見えない。すぐそこの闇に物の怪でも潜んでいそうなありさまだが、道長の心は動かなかった。物の怪が怖くないわけではない。人並みに得体の知れぬものを恐れる気持ちはあったし、化物を見て声を上げぬ自信はなかった。

だが、打臥の巫女を訪ねて、真夜中の右京へ出向いた時のことを思えば、何ほどのことがあろう。ここは大内裏《だいだいり》の中であり、徒歩で行けるところに明々と火の灯された清涼殿があり、そこには天皇も殿上人たちもいる。

あの晩、盗賊や野犬に襲われても不思議のない状況で、道長は何の災難にも遭わなかった。物の怪にも出くわさなかった。

それは、自身の運が強いことに他なるまい。あの晩、打臥の巫女は道長を「天下の王」になる者だと予言したのだ。その自分が何も成し遂げぬまま、物の怪ごときにしてやられることがあろうか。

道長はゆっくりと息を吐き、足もとを照らしていた松明を持ち上げた。足もとが暗くなり、目の前の闇がほんの少し払いのけられる。

次の瞬間、道長の十歩ほど先の辺りに、突然、巨大な影がにゅうっと浮かび上がった。

（大入道《おおにゅうどう》かっ！）

声が出ない。大入道は道長の何倍もの背丈があり、今にも上から押しつぶしにくるのではないかと思われた。

足も動かなかった。踵を返して逃げ出すべきだと、頭の中の声が言っているのに、足ばかりでなく、体が固まって身動きが取れないのだ。

（万事休す！）

と思ったその時、

——若君は天下の王となられるお方。

打臥の巫女の声が頭の中に響き渡った。

そうだ。自分は天下の王になる身なのだ。

「物の怪よ。控えるがよい。私を誰と心得る！」

道長は物の怪を叱りつけた。不思議なことに恐怖はすっかり消え、腹の底から声が出てきた。

大入道は何も言い返してこない。また、こちらへ向かってくる気配もない。

道長は松明を掲げ、前へ進んだ。胸の鼓動が高鳴っているのが分かったが、不安ゆえではなく心が昂《たかぶ》っているせいであった。

やがて、大入道の正体ははっきりとした。何のことはない。大極殿を支える大きな柱であった。

（所詮はこんなものだ）

怖いと思うから怖い。恐れるからこそ、敵は大きく見える。

（私は天下の王となる身。何ものも恐れはせぬ）

自分に言い聞かせるように胸に唱え、道長は花山天皇から借りてきた小刀で、高御座《たかみくら》の南側にある柱の下の方を削り取った。これが、たった一人で大極殿へ行った証となる。

柱の木片を懐に収めると、道長は大極殿を出て、昭慶門で待っていた武士と共に清涼殿へ戻った。出かけた時は丑三《うしみ》つ（約午前二時）の刻であったが、帰り着いた時にはもう寅一《とらひと》つ（約午前三時）になろうという頃であった。

道隆も道兼もすでに戻っていたが、いずれも道長と目を合わせようとしない。逃げ帰ってきたのは明らかだった。

「いかがであったか」

身を乗り出すようにして問う花山天皇に、道長はお借りした小刀と共に、柱を削った欠片《かけら》を差し出した。

「何と、見事一人で大極殿へ参り、無事に戻ってまいったか」

花山天皇は上機嫌であった。ただ念には念をということか、翌日、日が昇ってから人をやり、柱の削り跡と木の欠片が本当に合うか確かめさせると言った。

翌日、両者がぴたりと合ったのは言うまでもない。

「道長は剛毅《ごうき》な者よ」

花山天皇がそうおっしゃったという話を、翌日、道長は東三条殿の自分の曹司で、昂奮した乳母の口から聞かされた。

「若君の勇ましさは、都中で評判になっているに違いありません」

乳母は鼻高々で言う。

（土御門殿の姫君のお耳にも入るだろうか）

文を送るようになって三年、いまだに逢えぬ姫の顔を想像しながら、道長はふと思いを馳《は》せた。

二

それから一年後、寛和二（九八六）年六月二十三日の明け方、道長は父兼家の命令により、東宮懐仁親王が住まう凝華舎《ぎようかしや》（梅壺）に待機していた。兼家も一緒である。

七歳の親王はもちろん昨夜も早々に眠りに就いたが、兼家と道長は夜を徹して起きていた。

兄の道隆と道兼はここにいない。道隆は清涼殿に控えており、おそらく異母兄の道綱も一緒にいるはずだ。そして、道兼は……。

この次兄道兼の行動に、これからの一家の行方がかかっていると言っていい。

兼家と道長は今、ただひたすら道兼からの知らせを待っているのであった。

「右大臣さま」

凝華舎の庭先からひそやかな声がかけられたのは、夜がしらじらと明けてきた頃であった。

「父上」

道長は父に声をかけ、自ら立って外の戸を開けようとしたが、驚いたことに父自身も跳ねるような勢いで立ち上がった。道長が慌てて戸を開けるのも待ち遠しい様子で、父は簀子《すのこ》へ飛び出した。

「これは、右大臣さま」

庭先に跪《ひざまず》く武士が驚いて、すぐに顔を伏せた。薄明かりの下ではあったが、父に続いて簀子に出た道長は、一瞬だけその顔を見た。父に仕える源《みなもとの》頼光《よりみつ》という侍《さむらい》である。

昨晩からずっと、道兼の警護を命じられていたはずだ。

「首尾はいかに」

兼家が低い声でそれだけ問う。

「はっ。すべてお望みのままに」

頼光は顔を伏せたまま答えた。

「三位中将《さんみのちゅうじょう》へは知らせたか」

三位中将とは道隆のことである。

「そちらへは、我が配下の者をやりました」

頼光は抜かりなく答えた。

「して、蔵人は無事であろうな」

「無論でございます。ご出発前と同じお姿で、やがてこちらへ参られるかと」

頼光とのそのやり取りを経て、ようやく兼家は大きく息を吐き出した。

蔵人とはその任にある道兼のことである。道兼の無事を聞き、安堵の息を漏らす父を横目に、

（父上はやはり兄上の身を案じておられたのだな）

と、道長は思った。

もし昨晩、この役目を果たすのが自分であったなら、父は案じてくれただろうか。もちろん、心配はしてくれただろう。だが、道長よりは道兼、道兼よりは道隆への思い入れが、少しずつだけ深いはずだ。好き嫌いの問題ではなく、親としての情の多寡でもなく、嫡男とそうでない息子たちとの差だ。道隆に何かあった時には道兼、その二人に何かあった時には道長を――父はそういう考えでいる。

父にとっては、あくまで兄たちに何かあった時の備えでしかない自分――。そう

いう父の考え方と、自分はどう折り合いをつければよいのだろう。備えとして生きることに満足できる男など、この世にいるはずもない。二人の兄たちの下で、さんざん苦労を嘗《な》めてきたはずの父は、そんな自分の気持ちを誰よりも分かってくれると思ってきたのに。

「ご苦労だった。そちはもう休め」

兼家は頼光を労《ねぎら》い、再び室内へと戻っていった。

「はっ」

兼家を見送り、ようやく顔を上げた頼光と目が合った。その顔に疲労は滲《にじ》んでいたが、一大事を成し遂げた後の昂りと自信がほの見える。

頼光は道長に会釈すると、梅の木が何本も植わった庭を去っていった。道長もすぐに父を追って中へ入ろうとしたが、その時、南の飛香舎《ひぎょうしゃ》（藤壺《ふじつぼ》）の御殿とつながる渡殿を伝って、人の来る気配がした。飛香舎のさらに南にあるのは清涼殿で、そこは常に殿上人が詰めている。

「父上、人が参るようです」

道長は父に声をかけ、そのまま戸口で待った。

現れたのは、思っていた通り、長兄の道隆と異母兄の道綱であった。二人は手にそれぞれ箱を持っている。二人とも足早ではあるが、慎重に歩を進めてきた。その顔はいずれも強張っている。

「大兄上、少将《しょうしょう》殿、こちらです」

道長は声をかけた。

父の命令で、昨夜から凝華舎では女房たちを局に引き取らせ、外の者は立ち入らせぬようにしている。

二人はまっしぐらに道長のもとに進んできた。戸の前を開け、先に二人を中へ入れてから、道長もあとに続いた。

「お言いつけのもの、確かにお持ちいたしました、父上」

道隆が父の前に三つの箱を置き、荒い息を整えながら告げた。

「ふむ」

兼家は前に置かれた箱を三つ、じっと見つめた。いずれも一つずつ白い絹で包まれている。

「布を取りましょうか」

道隆が問うた。

兼家は少し間を置いた後、無言で顎《あご》を引いた。道隆が一つずつ布の結び目をほどいていく。道綱が手伝おうとしかけたが、道隆は断り、三つの包みを一人で取り除いた。

すべての箱が白木でできており、一つは細長く、残る二つは小さな箱だ。

「中を検《あらた》められますか」

さらに道隆が問うた。この時は声が少し掠《かす》れている。

「いや、よい」

兼家は静かに答えた。

「東宮、いや、主上に確かめていただこう」

「ははっ」

兼家の言葉に打たれたかのごとく、道隆が頭を下げる。道綱も道長もそれに倣った。

これまで東宮と呼んでいた方――懐仁親王が、詮子の産んだ親王がいよいよ皇位に就くのである。

道隆たちが懐仁のもとへ運んできたのは、皇位の象徴とされる三種《さんしゅ》の神器《じんぎ》――八咫鏡《やたのかがみ》、天叢雲剣《あめのむらくものつるぎ》、八尺瓊勾玉《やさかにのまがたま》であった。

花山天皇を退位させ、懐仁を帝に押し上げること――それが、昨晩以来この一家に課せられた使命であった。

花山天皇が出家の望みを口にし始めたのは、去年の秋、寵愛していた女御忯子《よしこ》が亡くなってからのことである。もちろん出家すれば退位を余儀なくされるため、関白や外戚たちはその度に帝を慰留してきた。

しかし、兼家にしてみれば、花山天皇が皇位にある限り、外孫である懐仁親王の即位および、自らの摂政就任は実現しない。

――もう十分待った。これ以上待てるものか。

ここへきて、ついに兼家はしびれを切らした。花山天皇が出家を望んでいることを利用し、近臣たちに知らせぬまま剃髪させてしまおうと、陰謀をめぐらせたのだ。

そして、昨晩、道兼がそれを実行した。

自分も一緒に出家するなどと言葉巧みに天皇を誘導し、宮中から連れ出したのである。もちろん、道兼に出家する気はないので、天皇を出家させた後は逃げ出さなければならない。兼家が配下の源頼光に、道兼の無事を問うたのは、息子が無理やり出家させられたりしていないことを確かめるためであった。

この重大な役目を果たしたのがなぜ道兼だったのかといえば、花山天皇の蔵人として、そのそばに仕えていたからである。

父が道兼にその役目をあてがった際、道兼はここぞとばかり喜び勇んで、「必ずや成し遂げてみせます」と自信満々に言い放ったものだ。決して簡単な役目ではない。万が一、花山天皇の出家を望まぬ者たちに見つかれば、反逆罪を着せられる恐れもある上、天皇の気が変わらぬよう誘導するのも難しいだろう。

だが、最も重大な、最もやり甲斐のある役目であった。三種の神器の運び役や、凝華舎で東宮をお守りするだけの役目よりはずっと――。

道兼は見事にその役目を果たし終えたのだ。

(これで、兄上は父上の信頼を得られたのだな)

そう思うと、道兼から引き離されたようで、道長はどことなく気持ちがふさぐ。

その時であった。

「道長よ」

父の言葉が飛んできた。

「は、はい」

「主上、いや、先帝がご出家あそばしたことを、関白へ知らせにまいれ。それが済んだら、お前は東三条殿に帰ってよい。ただし、休む前に、南院においでの御息《みやす》所《どころ》（詮子）にお伝えするのを忘れるな」

「かしこまりました」

道長は勇んで立ち上がった。

見事、花山天皇を退位させた道兼や、三種の神器を懐仁親王のもとへ運んだ道隆、道綱に比べれば、ささいな仕事かもしれない。だが、父は自分にも目立つ役目を与えてくれた。

関白藤原頼忠は、先代円融天皇の御世からの続きで、今もその任にある。花山天皇の外祖父――つまり兼家の兄伊尹《これまさ》がすでに亡くなっていたからだ。

だが、懐仁親王が即位すれば、その外祖父である兼家はいまだ健在。

摂政の地位は間違いなく兼家に与えられるだろう。つまり、御世が代わったことを伝えるのは、関白に引導を渡すということであった。

（公任めは関白のもとにいるだろうか）

公任が誰かの家に婿入りしたという話は聞かないから、今も父親の邸にいるかもしれない。そうだとすれば、ぜひとも公任の顔を拝んでやりたいものだ。

かつて詮子が中宮の座を逃した際、「いつ立后するのか」とからかってきたあの男に、何と言ってやろう。我が姉もようやく皇太后になることができそうです、と言おうか。それとも、こちらの后はいつご出家あそばされるのか、と訊いてやろうか。御子もいないのだから、俗世に未練もありますまい――いや、そこまで言っては興醒めか。

いずれにしても、いい気味だ。

凝華舎の部屋を出て空を仰ぐと、すっかり明るくなっていた。一睡もしなかった目に、夏の朝の光はまぶしい。何度か瞬きして、道長は青い空をぐっと見据えた。頭も体も疲れていたが、緊張も昂奮も冷めてはいない。

すべてはこれから始まるのだ。

道長は己にそう言い聞かせると、気持ちを切り替え、歩き始めた。

三

道長が関白頼忠の邸へ出向いた時、頼忠はすでに花山天皇が内裏を出たことを知っていた。天皇行方知れずの報は、近侍の者から関白に伝えられていたのだろう。

だが、花山天皇がどこへ行ったのかまでは知らなかったようで、

「主上は花山寺にてご出家あそばされた由《よし》、我が父より関白殿下にお知らせするよ

う申しつかりました」

と、道長が報告するなり、目を剝《む》いた。蔵人として仕える兄の道兼が供をしたこと、その兄を通して父に知らせが届き、自分が使者を申しつけられたことなど、話せる限りのことを道長が語り終えると、

「さようか。主上はご出家あそばされたか」

頼忠はがっくりした様子で呟いた。

「では、御位には東宮さまがお就きあそばされるのだな」

「それが道理と心得ますが、その件につきましては何も聞いておりませんので」

道長が慎重に答えると、頼忠はさもあろうとうなずき、すぐに参内すると言い出した。道長にも丁寧に礼を述べた上で、

「東三条殿の御息所さまによろしくお伝えしてくれ」

と、頼忠は続けた。

「立后なさった後の初参内の折には、我が家からも供奉《ぐぶ》の者を遣《つか》わすゆえ」

早くも詮子に取り入ろうとは、さすがに抜かりがない。羽振りがよい時、得意になって口を滑らせる息子の公任より、父親の頼忠は数段上手《うわて》であった。

「お伝えしておきます」

道長はそう答えた後、

「中将殿（公任）が来てくだされば、御息所さまもさぞお喜びになられるでしょう」

と、付け加えておいた。

「無論、そうなるであろう」

詮子に対する公任の暴言を聞いているのかいないのか、頼忠は堅苦しい口ぶりで告げた。それ以上、頼忠が公任の話題を持ち出さなかったので、公任が邸内にいるのかどうかも分からぬまま、道長は関白邸を辞した。

それから東三条殿の南院へ行き、詮子に事の次第を告げた。

「そうでしたか。いよいよ東宮が御位に……」

詮子は道長の話をすべて黙って聞き、最後には目もとを袖で拭《ぬぐ》った。

「この度のこと、ご承知でいらっしゃいましたか」

「いいえ。父上はわたくしには何も話してくださいませんでしたから。すべて、あなた方兄弟と共に事を運ぶおつもりだったのでしょう」

詮子は自分が蚊帳《かや》の外であったことに、不満を抱いているふうではなかった。万一、事が失敗に終わった時のことを考え、詮子には何も知らせずにおいた父の配慮に、むしろ感謝しているのであろう。

「父上にはもちろん、兄上たちにはまた改めて礼を申しますが、まずは道長殿、東宮のためにありがとう」

詮子は表情を改め、居住まいも正して礼を述べた。

「いえ、私などは特に何も。この度のことは、何といっても兄上（道兼）のお力が大きく」

この姉のために十分なことをしてやれなかった無念さが込み上げてきて、道長は下を向いた。

「それはもちろん分かっています。兄上にはわたくしから十分に礼を申し上げます。けれど、そなたのこれまでの働きを軽いものと思うわけではありません。昨日ご退位あそばした帝が即位なさる前、この東三条殿の本院から火が出た時、そなたは真っ先にわたくしと東宮のもとへ駆けつけてくれました。兄上たちも公卿たちも皆、ご即位前の帝のもとへ駆けつけたというのに、そなただけが……」

当時、東宮だった花山天皇は東三条殿の隣の邸にいた。東三条殿の火事がそちらへも燃え移るのではないかというので、人々が皆、そちらへ駆けつけた時、道長だけは詮子と懐仁親王のもとへ向かったのだ。

火元に近いのは詮子たちの方であったが、この頃、まだ即位できるかどうかも分からない懐仁親王のもとへ、公卿たちは来なかった。

幸い、この時の火事は広がらず、詮子たちの暮らす南院は無事であったが、詮子は道長の働きを忘れていないと言う。

「姉上のために尽くすのは当たり前ですが、その気持ちは何よりありがたかった。これからも、いいえ、これからこそいっそう力を尽くしたいと存じます」

「ありがとう。東宮のことも頼みましたよ」

「姉上、もはや東宮ではなく、帝でいらっしゃいます」

道長が指摘すると、詮子は「そうでしたね」と泣き笑いのような顔を浮かべた。


本院の曹司へ帰り、着替えを終えて一人になっても、道長は床には就かなかった。疲れてはいるが、気持ちが昂って眠れそうにない。それに、待ち人が来るのではないかという予感もあった。

「若君」

誰もいなくなったのを見澄まして、ひそかに声をかけてくる者は一人しかいない。

「打臥よ、来てくれたのだな」

と、道長は言った。戸の開《あ》け閉《た》てする音もさせず、几帳《きちょう》の布をめくって、打臥の巫女は現れる。

「昨晩はお疲れさまでございました」

と、一晩中まんじりともしなかった道長を、まず労ってくれた。

「まったくだ」

と、道長は応じた。今の今まで緊張と昂奮に包まれていた頭と体が、打臥の巫女を目にした途端、ゆっくりとほどけていくような気がした。相変わらず、壮年とも若年ともつかぬ謎めいた美しさである。

「こうして事が成ってしまうと、兄上はうまくやったと思えてならない」

「どうして、父上は私に大役を任せてくれなかったのかと、また愚痴ですか」

打臥はからかうように言う。

「そう言うな。愚痴を言う相手はそなたしかいない」

「早く妻をお持ちになった方がよろしいのでは？」

「それも言うな。土御門殿の姫の守りは堅い」

「文を送るようになって、はや数年。あちらがいまだに婿を迎えていないことに、感謝なさることですね」

「私を待ってくれているのだろう」

まんざらでもない気分で、道長は言った。

「何をのんきな」

「土御門殿の姫が私を助ける運気を持っていると、占ってくれたのはそなたではないか」

「そうですよ。でも、それは若君と姫が結ばれる運命ということではありません。姫を妻としなければ、その運は開かれないのです」

打臥は幼い子供に言い聞かせるような口ぶりで言うが、彼女からそういう物言いをされても、まったく腹は立たなかった。

「そなたの言うことにはすべて従う。だが、迂闊《うかつ》に手を出して、左大臣の怒りを買うわけにもいくまい。左大臣は、姫を入内させたいと広言しているのだからな」

姫は道長より少し年上と聞く。花山天皇が相手であれば、年齢は釣り合っていたが、左大臣は入内させなかった。というのも、天皇は好みがはっきりしている上、気まぐれでもあったから、躊躇っていたのだろう。

そして、昨晩の退位により、新たに天皇となるのは七歳の懐仁親王だ。さすがに、二十歳を超えた姫とは釣り合いが取れない。やはり、左大臣は入内に二の足を踏むに違いなかった。

「この機を逃したら、後はありません。何としても、左大臣の姫を落とすことですね」

打臥の言葉に、道長はうなずいた。左大臣の姫のことも大事ではあるが、目下のところ気にかかるのは、父の信頼と期待が次兄の道兼に集まるのではないか、ということであった。

昨晩の謀《はかりごと》を父から打ち明けられ、道兼が天皇を連れ出す任を果たすと知った時、道長の頭にまず浮かんだのは「父上はどうして私に命じてくださらなかったのか」という悔しさだった。

だが、兄弟の中で、道兼だけが花山天皇の蔵人として近侍しているのだから、父の判断は妥当なものである。ここで、その役を自分に替えてくれと言い出すのは、父と兄を不快にさせるだけであった。

そんな道長の心の動きを察したものか、

「今回は、これでよかったのです」

と、不意に打臥は言い出した。

「若君は大殿に似ておられますからね。若君の野心はすでに見抜かれていますよ」

父の兼家は三男に生まれながら、今、天下を取ろうとしている。兄たち二人が先に亡くなったのが大きな理由の一つではあるが、ここに至るまでには実に苦難の道のりであった。

兄たちを尻目に、野心を抱いた兼家の立場は、今の道長とまったく同じだ。だから、自分の野心が父に見抜かれているのは理解できる。そして、自分が父に似ているのも事実であろう。だが、それならば、父はこの自分のことを、兄たちよりも愛しいと思い、目をかけてくれそうなものではないか。

その忸怩《じくじ》たる思いを打ち明けると、

「そうではありません、若君」

と、打臥はいつになく優しげな声で言った。

「ご自分が兄君と見苦しく相争ったがゆえに、ご自分の息子たちが争うのを見たくはないのです」

「そうなのか」

「そうですとも。それが親心というものです」

「ならば、父上は私が野心を持つのを不快に思っておられるのだろうか」

「それだけで、息子を不快に思ったりしませんよ。ただ、あからさまに兄君たちに盾突《たてつ》いてはなりません」

父に信頼されている打臥の言葉は正しいのだろう。

父が息子たちの争いを望まぬのであれば、長男を後継者に据え、次男以下の息子たちには、そこそこで満足しろと言い出すかもしれない。

だが、ほどほどで満足することなど、自分にはできない。今回、大仕事を成し遂げた次兄の道兼とて同じだろう。

「わたくしの言葉をお信じなさい」

打臥は託宣《たくせん》でもするかのように告げた。

「無論、信じてはいる。だが、このまま何もしないでよいのだろうか。私は今、何をすればよいのか教えてくれ」

「まずは、これまで以上に、姉君のご機嫌を取ることです」

打臥は一瞬の躊躇いもなく答えた。

「ふむ。姉上か」

「姉君は帝の母となりました。あの姉君の言葉は、いずれ大殿が亡くなられた後、この一家で最も重いものとなりましょう」

しれっと父の死を口にする打臥に、さすがにぎくっとした。このことを父が知れば、どんなことを思うだろう。打臥に裏切られたと思うだろうか。信頼し、寵愛していただけに、打臥を憎むだろうか。その憎悪は道長へも向けられるかもしれない。打臥との関わりは絶対に誰にも知られてはならぬと、改めて道長は気を引き締めた。

一方の打臥は、大したことを口にしたという様子もなく、涼しい顔をしている。

「もう一つは、なるべく早く左大臣家に婿入りすること。そうなれば、少なくとも婿入り先では兄君たちをしのぎ、皆が若君に一目置くことでしょう」

道隆はすでに数人の子を産んだ妻、高階貴子を正妻として同居しているが、その出自はだいぶ格下である。道兼は叔父藤原遠量《とおかず》の家に婿入りし、こちらもすでに子供がいた。妻の実家は九条流藤原氏なので、高階氏よりはましだが、道長が狙う左大臣家とは比べものにならない。

だが、道隆とて道兼とて、一人の妻とだけ添い遂げねばならないことはないのだ。まして、今の妻が格下ならば、別に身分のある妻を求めたとて、世間は非難などしないだろう。つまり、左大臣の姫に、道隆や道兼が懸想《けそう》することとてあり得る。

確かに、左大臣の姫のことはもうこれ以上後回しにするわけにはいかない。

「分かった。そなたの言う通りにしよう」

道長は心を決めて言った。

「ところで、姉上が皇太后とおなりになったら、あの公任めも参内の行列に供奉することになる。関白がそうさせると言っていたからな。その時、あやつに何と言ってやろう。姉上が受けた恥辱を何倍にもして返してやらねば気が済まん」

道長は関白とのやり取りを思い出して呟いた。

「悪いお顔をしておられますよ」

打臥がおかしそうに笑っている。「そなたの前でだけだ」と、道長も笑い返した。

「ですが、仕返しはいけません。もちろん、姉君が皮肉や嫌味をおっしゃるのも論外です」

「どういうことだ」

「その手の卑しい行いは、姉君や若君ではなく、身分の低い者にやらせなさい。若君は王者の鷹揚《おうよう》さを身につけなければいけません」

「なるほど、確かにな」

道長は納得しておもむろにうなずいた。

た。

「して、どう言えば、恥辱を何倍にもして返してやれるだろうか」

道長の問いかけに、ほんの少しの間を置いてから、打臥はおもむろに口を開いた。


月が替わった七月、詮子は皇太后に冊立《さくりつ》された。その初めての参内の折には、公卿や殿上人たちが付き従うべく、東三条殿に詰めかけてきた。

その中には無論、前関白の子息である公任もいた。

「あら、姉君の素腹《すはら》のお后さまはお健やかでいらっしゃいますか」

詮子に仕える女童《めのわらわ》の一人が公任に向かって問いかけた。

公任は顔を赤らめてうつむき、返事もしなかったという。この逸話が公家たちの間で評判となるのを、道長は胸のすくような気分で聞いた。

三章　機をうかがう

一

その年の秋も深まった頃、道長はいつものように姉詮子のいる東三条殿の南院へ向かった。我が子が帝となり、父が念願の摂政となり、そして自らが皇太后となった今、姉の機嫌はいい。

中宮の座を逃して引きこもっていた頃、姉のご機嫌を伺うのはなかなか骨の折れる務めであったが、今は楽なものだ。

道長は気楽な気持ちで南院に立ち入ったが、どうも庭の方が賑《にぎ》わしい。紅葉《もみじ》が色づいているから、女房たちが庭に出ているのだろうか。

姉に仕える女房たちは顔なじみの者が多いが、皇太后となってから新たに入った女房もいるようだ。若い新参の女がいるかもしれない、などと考えながら、道長は誘われるように庭へ向かった。

紅葉は確かに色づいていたが、それより華やかに道長の目に飛び込んだのは、女たちの色鮮やかな装束であった。外に出ているのは女童たちで、その主人に当たる女房たちは簀子まで出て庭を眺めているらしい。

「もっと右の、先が空に向かって伸びている枝よ」

「そこの真っ赤な葉を取っていらっしゃい」

などと、女童に声をかけている。

幸い、建物の陰になった道長の姿には、誰も気づいていない。道長は女房たちをじっくり観察することができた。簀子にいる三人の女房は皆、二十歳《はたち》前後で、誰も顔を知らなかった。おそらく、新たに雇われた者たちなのだろう。

皆、それぞれに着飾って、好ましく見えたが、

「姫さまも御覧あそばせ」

そのうち、中の一人が部屋の方へと声をかけた。

(姫さま、だと?)

姉の詮子を「姫」と呼ぶことはない。そして、姉には懐仁親王――即位して一《いち》条《じょう》天皇となった息子以外に子供はいない。

（誰だ、ここの南院で「姫」などと呼ばれているのは——）

道長は心が動いた。

目を凝らして見つめていたら、やがて簾《すだれ》が動き、中から女房に手を引かれた若い女が現れた。姫と呼ばれる女は、辺りに人目がないか気に病むふうであったが、誘った女房が「大丈夫ですよ」と安心させているようだ。

身分のある姫君ならば、うっかり人目につく場所に出るのははしたない行いだが、こちらとしては姫とやらをのぞき見ることが叶《かな》うのだから、むしろありがたい。

手を引かれて現れた姫は、女房たちのように唐衣《からぎぬ》も裳《も》も着けない袿《うちぎ》姿である。色目は表が白で、うっすらと青が透けて見えるから菊の襲《かさね》であろうか。紅《くれない》や黄の色鮮やかな女房たちの衣装に比べ、一人だけひっそりとして見える。だが、饒舌《じょうぜつ》な色彩で飾り立てないその人は、何と清らかで美しいのだろう。

よく見れば、その人の動きにつれて、袿の表に秋の柔らかな陽光が照り映えて見える。瑩貝《みがきかい》でみがいて艶を出した白瑩《しろみがき》を着ているのだ。そして、その上に落ちかかる黒髪もまた、みがいたように艶やかである。

「姫さま、御覧くださいませ。美しい紅に色づいておりますでしょう」

女房が女童から受け取った一枚の紅葉を、姫に見せている。

「ほんとうね」

紅葉を受け取った姫は溜息を吐《つ》くような声で呟いた。

「こうしていたら、紅色が指に移ってしまわない？」

心配そうに女房に尋ねている。小柄な姫が背のある女房の顔を見上げた時、道長に姫の顔がくっきりと見えた。

白瑩の衣に負けぬほど色白の小さな顔。あどけなさを残した姫の顔は、そのまま道長の心に焼きついてしまった。


道長はその後、何事もなかったかのように庭から離れ、姉の詮子のもとへ挨拶に出向いた。何ということもない雑談の後、

「先ほど、庭の方で若い人々が話しているようでしたが」

と、道長は話を向けてみた。

「あら、騒がしくしておりましたか」

詮子の居所までは女房たちの声も届いていなかったらしい。

「騒がしくはありませんでしたが、こちらにも新参の女房たちが増えたということ

でしょうか」

いきなり「姫と呼ばれていたのはどなたですか」と問うこともできないので、まずはやんわりと遠回しに訊いていく。だが、姉は道長が何を嗅ぎつけ、何を聞きたがっているのか、すぐに察してしまったようだ。

「わたくしもようやく、人の世話をして差し上げられる身の上となりましたからね。若い方を引き取って、婿君のことなどお世話をしようと思い立ったのですよ」

と、詮子は朗らかな口調で打ち明けた。正式な養女にしたわけではないようだが、自分の娘のように世話をするつもりらしい。その姫に付き添って、若い女房たちも移ってきたため、騒がしいのだろうと詮子は言った。

「娘を持つことは叶いませんでしたけれど、女の子を育ててみたいとは思っていたのです。年頃になった娘に、大勢の殿方たちが恋文や贈り物などを届けてくる――それを見守るのは母親の楽しみの一つですからね。わたくしの娘はそんなにたやすくは差し上げませんわよって、並み居る殿方を品定めしたりして……」

滑らかな口ぶりで、詮子は姫を引き取った経緯《いきさつ》を語ってくれたが、そんな話は少しも面白くない。そもそも、自分に言い寄る男ならともかく、娘の婿の品定めの何が楽しいのだろう。

だが、そう考えて、はっとなった。詮子は自分の夫を自分で選ぶことなどできなかった。詮子だけではない。たいていの女たちは皆そうだ。女房勤めなどをして世間を知り、男を見る目を養える女たちを除いては――。

自分がどんな男を好ましく思うか分からぬうちに、相手をあてがわれて婿取りするか、入内させられる。

だから、自分の好みを反映させられるとしたら、娘の婿を決める時なのだろう。

そんなことをぼんやりと考えていたら、不意に「道長殿」と詮子に呼ばれた。

「わたくしが、どなたの姫を引き取ったか、分かりますか」

謎かけのように問いかけられる。

詮子には打ち明けていないが、先ほどちらと見かけたあの姫は、自分とあまり変わらぬ年頃に見えた。詮子が引き取るからには、親が承知したはずであり、詮子と縁が深い者の娘ということになるだろうが、特に思い浮かばない。あるいは、すでに親は亡くなっており、身寄りのない娘なのだろうか。

「高松殿《たかまつどの》の姫なのですよ」

道長が答えかねているうちに、詮子が告げた。

「高松殿の……」

思いがけない言葉に驚いた。が、よく考えてみれば、納得のいく素性であった。

高松殿とはとある広壮な邸のことだが、かつてそれを所有していたのは左大臣の源高明《たかあきら》である。醍醐《だいご》天皇の皇子で、臣籍降下《しんせきこうか》し、村上《むらかみ》天皇の皇子為平《ためひら》親王を娘婿に迎え、羽振りがよかったという。

為平親王の生母は兼家の姉なので、為平と道長とは従兄弟同士だが、いっときは皇位に就くだろうと目される皇子であった。実際、母を同じくする兄弟の冷泉天皇と円融天皇はいずれも皇位に就いている。それなのに、どうして二人の間に挟まれた為平親王が天皇になれなかったのかというと、とある政変に巻き込まれたからであった。

それが安和《あんな》二（九六九）年に起きた「安和の変《へん》」である。

為平親王の岳父である源高明が謀反の罪により、大宰府《だざいふ》へ左遷《させん》されたのだ。謀は密告により発覚したのだが、十中八九、濡れ衣《ぬれぎぬ》だろうと道長は考えている。企んだのは誰かというと、他ならぬ自分の父と伯父たちだ。

（あの父上ならば、やりかねない）

当時は父もまだ若く、兄弟たちと共謀してのことだろう。そうと口にする者はいないが、安和の変を藤原氏九条流の策謀と見る者は多い。詮子とて父の関与を疑っているはずだ。

だが、道長はそれを悪いなどとは少しも思わなかった。逆に、父が足をすくわれることとて十分にあり得たわけで、自分の身は自分で守らなければならない。廟堂《びょうどう》に身を置くとはそういうことだ。

とはいえ、犠牲になった者の身内は、そんなふうに突き放して考えることなどできないだろう。

（あの姫は幼い頃に、父君と生き別れになり……）

白瑩の袿を着ていた姫の姿を思い浮かべ、道長は胸が痛んだ。あの姫は、父親を失脚させたのは藤原氏九条流と思っているのだろうか。だとしたら、その他ならぬ藤原氏の長者が暮らす東三条殿に引き取られた今の身の上をどう思っているのだろう。

「西宮《にしのみや》左大臣（源高明）が九州へ行かれた後、姫は叔父の四品《しほん》の宮（盛明《もりあきら》親王）に引き取られたのですが、宮も今年お亡くなりになってしまわれて……」

それゆえ、詮子が姫を引き取ることになったそうだ。

「高松殿のお邸はどうなさっているのですか」

「あちらは姫の所有となっております。でも、姫を一人で置いておくわけにもいかないでしょう。ですから、こちらで婿殿をお世話して、その方に姫を託せるようになっ たら高松殿に移らせるつもりです」

「そうでしたか」

あの小柄な、頼りない風情《ふぜい》の姫を守ってやりたいという気持ちが、心の底から素直に湧いてきた。同時に、他の男の手に託すのは嫌だという気持ちも。

そんな道長の気持ちを知るはずもなく、ましてや姫を盗み見たことを打ち明けたわけでもないというのに、

「わたくしが姫を引き取ったことが徐々に広まっていたようで……。姫に文やら物やら贈ろうという殿方がもういるようなのですよ」

と、詮子は言い出した。

「それでは、姉上のお望みになった通りというわけですね」

軽口にまぎらそうとしたものの、口が渇いて声が掠れる。

「もちろん、わたくしがこれはと思う殿方でなければ、姫に近づかせるつもりはありませんけれどね」

詮子は堂々と言った後、

「前に、妻にするのは大臣以上の娘になさい、と言ったことを覚えていますか」

と、不意に眼差しを和らげて、道長を見つめる。

「はい」

「わたくしもこれまでは、当今《とうぎん》を御位に就けることで頭がいっぱいでしたから、あなたのことに気が回らなくてすまなかったと思っています。そのせいで、あなたはいまだにどこへも婿入りしていない」

「それは、姉上のお言葉に従い、大臣家の姫をと思っていたためで……」

「ですから、謝っています。あなたをしっかりした家に婿入りさせなければ、亡き母上にも申し訳が立たぬというもの」

「……………」

「姫の父君は、左遷されたとはいえ、まぎれもなく左大臣だった方。姫は四品の宮の養女でもあり、わたくしがお世話するのですから、皇太后の娘と思ってくれてかまいません。わたくしは姫を内親王のごとくお世話するつもりです。いかがですか、道長殿」

「いかが、とは――」

「わたくしの婿になる気持ちはあるかということです」

詮子の眼差しは優しく、道長は亡き母の面差しを思い浮かべた。

すぐにでもうなずいてしまいたい。一目見ただけで心を奪われた愛らしい姫を妻とし、誰よりも信頼できる姉を義母と見なすことに、不服などあろうはずがない。だが、一瞬の躊躇いが生じた。打臥の巫女は、土御門殿の姫こそが道長を助ける運気を持つと予言したのだ。そして、自分はその言葉に従うと約束している。

「すぐに返事をしなくともかまいませんよ」

姉は落胆の色も見せずに言った。だが、道長がすぐにこの話に飛びつかなかったことに、疑問と懸念を抱いているに違いなかった。

「ただ、姫を妻にと望む方が少なくないことを忘れぬように。あなたの兄君たちも含めて」

同母の兄である道隆と道兼、そして異母兄道綱の顔が浮かんだ。兄たちにはすでに妻がいたが、高明の娘ほど身分の高い女ではない。男が身分の高い妻を求めるのは当たり前であり、その上、詮子の後ろ盾まで得られるのなら、これ以上の良縁はないだろう。

ただ、詮子が兄たちではなく道長にこの話を持ちかけたのは、まだ正式な妻がいないからだ。道長ならば姫を誰よりも大事にすると思ってくれたのだろう。

無論、大事にはする。あの姫を妻とすることが叶うのならば――。

（だが……）

道長は詮子のもとから下がるなり、早く打臥の巫女に会わねば、と本院へ急いだ。

二

本院の曹司に戻って、一人きりになっても、すぐに打臥の巫女と会えるわけではない。道長の側から打臥に近づいたり、呼び出したりすることはできないのだ。そのことがこれほどもどかしいことはなかった。

打臥が衣擦《きぬず》れの音もなく道長の曹司に入ってきたのは、それから一刻ほども経った頃で、その姿を見るなり、

「待っていたのだ」

と、道長は前のめりになった。

南院で見かけた高松殿の姫のこと、そして詮子から持ちかけられた婿入りの話など、一通りのことをすべて話して聞かせる。すると、

「姉君のお勧めに、今すぐ従うのは得策ではありません」

と、打臥は告げた。

「それは、土御門殿の姫のことがあるからか」

「もちろんです」

その返事に迷いはいっさいない。

現職の左大臣源雅信《まさのぶ》の娘――土御門殿という邸で暮らす倫子《みちこ》に、道長はずっと文を送り続けてきた。もっとも、倫子の顔は一度も見たことがない。

文の取り次ぎを頼んでいる女房の話によれば、美しいのはもちろんのこと、とにかく聡明な姫なのだとか。父親の源雅信は娘を入内させるべく育てたそうで、后と呼ばれるのにまったく難がないのだと、女房は自慢することしきりであった。

あえて難を挙げるなら、花山天皇に入内させようかどうしようかと迷っているうちに、倫子が年齢を重ねてしまったことか。すでに二十をいくらかは過ぎているはずだ。

父の雅信が花山天皇への入内を躊躇っていたのは、天皇が一人の女御をひどく思い詰めてしまったからで、そのようなところに入内しても寵愛を受けられないかもしれぬと、気が引けてしまったのだろう。

だが、今の一条天皇に入内できるかといえば、倫子の年齢から考えて、七歳の帝に入内はできまい。

事ここに至って、母親の穆子《あつこ》が乗り出してきた。

——娘には婿を取らせます。

これ以上、入内にこだわる雅信に任せておけぬと踏んだのだろう。それでも、雅信は「いずれ帝が成人なさった暁にこそ」などと言っていたようだが、今の帝が元服する頃には、倫子は二十代の後半になってしまう。

ついには、雅信が折れ、穆子の考えが通ったらしい。

そして、穆子はずっと求婚し続けてきた道長に心を傾け、今では穆子直筆の文ももらえるようになっていた。いずれ娘にも文を書かせるとしたためられていたから、もしかしたらそのうち、倫子の筆跡を見られる日が来るかもしれない。

他の家に婿入りすることもなく、ここまで粘りに粘ったのだから、左大臣家に婿入りし、倫子を妻にしたいという気持ちは、道長にもある。御世が代わって、左大臣の気持ちが変わったこの潮目に何とかしなければと思っていた矢先だった。

「私は、高松殿の姫を見てしまった」

道長は打臥に訴えた。

片や、倫子の顔はまだ見ていない。今ならばあきらめもつく。

「高松殿の姫は、お血筋こそ抜群ですが、謀反人の娘であることもお忘れなく。今の左大臣家の姫には敵いませんよ」

「だが、高松殿の姫は姉上の養女も同じだ。姉上のご機嫌を取るようにとは、そなたが申したことではないか」

実際、今日即答しなかったことで、詮子は訝《いぶか》しく思っただろう。

倫子に文を贈っていることは詮子にも打ち明けていたが、ずいぶん前のことである。その後の進展がないため、すでに縁談は壊れたものと思われているようだ。

「姉君のご機嫌云々《うんぬん》より、高松殿の姫に未練があるのでしょう？」

打臥は道長の核心を衝いてくる。

「その通りだ」

道長は正直に認めた。

「あの人が他の誰かの……特に兄上たちのものになるなど、考えたくもない」

「入れ込んだものですね。たった一目御覧になっただけでしょうに」

「声も聞いた。すべてが好みだった」

顔も姿も声も、あのあどけない物言いも――。包み隠さずに打ち明けると、打臥は「おやおや」と呟いた。

「ならば、高松殿の姫への気持ちも含めて、姉君に左大臣家との縁談を打ち明けなさい」

「姉上のお考えを訊いて、それに従えというのか」

「そうですよ。ですが、姉君は左大臣家との縁談を受けるよう、お勧めになるでしょう」

「ならば、高松殿の姫は……」

別の男のものになってしまうということか。姉からそう言われれば、従うより他にないが……。

この時、打臥はそれ以上のことは教えてくれなかった。


翌日、道長は再び南院へ出向き、詮子と二人だけで話をしたいと申し出た。

そして、打臥に言われた通り、左大臣家の倫子との縁談について正直に伝えた。

さらに、昨日、高松殿の姫を見かけたこと、心を奪われたこともすべて打ち明ける。

「そうでしたか。あなたが左大臣の姫に文を送っていたのは聞いていましたが、婿入りする気配がないので、とうに縁は壊れたものと思っていました」

と、詮子は溜息混じりに言った。その声は複雑そうではあったが、決して不快に感じたふうではなかった。

「あなたが左大臣家に婿入りできるのであれば、それに越したことはありません。わたくしもあなたを婿としてお世話したい気持ちはありましたが……」

「では、高松殿の姫はいただけないのでしょうか」

思わず身を乗り出すようにしながら、道長は言ってしまった。

「もしあなたが左大臣家へ婿入りする前、もしくはその後すぐ、高松殿の姫を妻にしたら、あちらはどうお思いになるでしょう」

「…………」

「左大臣は姫を入内させたいとのお考えだと聞きました。当今とはお年が合わないから仕方ないとしても、そのような姫を妻としながら、すぐに他の女人を娶《めと》るわけにはいきますまい」

それならば仕方がない、高松殿の姫のことはあきらめる——とはどうしても言えなかった。道長がうつむいて無言を通していると、ややあって、詮子は小さく溜息を漏らした。

「ならば、姫にお訊きなさい」

「え……」

勢いよく顔を上げると、姉が仕方なさそうな表情で微笑していた。

「姫と話をさせていただけるのですか」

期待を込めて訊くと、

「姫の考えを聞くだけです」

ぴしゃりと言い返された。姉はもう笑っていない。

「あなたの想いはわたくしから姫に伝えておきます。その上で直にお返事をするよう勧めましょう。姫が嫌がったら話はそれまでです。あなたとの対面を許すにしても、御簾《みす》越しのお話だけ。それ以上、姫に近づくことは断じて許しません」

「かしこまりました」

御簾の中に踏み込んで、姫を腕にとらえることは不可能ではない。だが、それをすれば、この姉の信頼を損なう。それは、この姉の息子が治める世の中で、死ぬも同義であった。

「姉上のお言葉に背くことは決していたしません」

道長は頭を下げ、すべてを詮子の言葉に従うと約束した。

どことなく浮世離れした姫だとは、わずかな垣間見《かいまみ》でもよく分かった。父の源高明が左遷された時、姫はまだ幼かったのだろう。盛明親王の養女となった姫が暮らしに困ることはなかったろうが、父の失脚という爪痕は残ったはずだ。周囲は姫をできるだけ俗世の憂いから遠ざけようとしたのかもしれない。

そんな姫がいくら母代わりの詮子から勧められたにせよ、男との対面を嫌がるのは十分考えられた。そもそも、姫にとっては何ら嬉しい話などではない。姫に恋した男が一人、求婚するならまだしも、他の女を妻とするので、そちらの暮らしが落ち着くまで待っていてほしいなどと、どの面下げて言えるのか。

姉に打ち明けた時は自分の想いにしか気が回らなかったが、冷静になってみると、いかに自分が無謀なことを望んでいるのか、よく分かった。

（姫に拒まれたら、潔くあきらめよう）

道長も覚悟を決めていたのだが、詮子はどんな技を用いたのか、姫は道長との対面を承知したという。

詮子に打ち明けた日から五日後、道長は南院からの呼び出しを受けて、まずは詮子のもとへ出向いた。

「あなたの想いは伝えてありますから、そのおつもりで。姫の乳母が同席していますが、それ以外の者は下がらせました」

あくまでも御簾越しの対面、決して無謀なことはしないようにと念を押され、道長は西側の対にいる姫のもとへ向かった。

先日見かけた賑やかな女房たちはどこへ消えたのかと思うほど、静まり返っている。

やがて、道長は姫の部屋へ到着した。御簾が床まで下げられており、その脇に四十路《よそじ》になるかならずの女が一人控えている。姫の乳母なのだろう。

道長のための円座《わろうだ》は、御簾の対面に据えられていた。乳母から「どうぞ」と促され、そこに座ったが、どうも居心地が悪い。

乳母の眼差しが険しいからだと、すぐに気づいた。大切に育ててきた姫を不幸にする男がやって来た、とでもいうような眼差しを道長に向けてくる。

「兵衛佐殿《ひょうえのすけ》」

と、乳母は道長を官職名で呼んだ。

「皇太后さまのたってのお願いゆえ、姫さまは承知なさいましたが、本来ならば、このようなお席はそれなりの順序があってしかるべきところ。文をよこされるでもなく、ほのめかされるでもなし、いきなりこのようなお申し出はあまりにも……」

「乳母の君」

そよ風が吹き抜けていくような声が、尖った乳母の声を遮った。

「わたくしが決めたのよ」

「……はい」

乳母が不服そうに口を閉ざす。

「皇太后さまのお話を聞いて、お会いしてみようと思いましたの」

姫の言葉が直に道長に向けられた。姫くらいの身分の女であれば、初対面の席では女房が言葉を取り次ぐものだが、そうしたことにこだわらないらしい。いや、この人はこまごまとした縛りなどにとらわれない大らかさがある。

「わたくし、皇太后さまをお慕いしておりますの。だから、皇太后さまがお褒めになる弟君なら、お会いしてもよいと思いました」

「そうでしたか。皇太后さまは何と――」

「とてもたくさんのことをお話しくださいました。それをお伝えしていたら、夜になってしまいますわ」

夜になってもいい、いつまででもあなたの声を聞いていたい、と言いたいところであったが、乳母の目があったので、道長は言葉を呑み込んだ。

「でも、一言で言うなら、口になさった言葉は必ず実行されるお方だということと」

姫の口から漏れたその言葉は、澄んだ鈴の音色のように道長の耳に飛び込んできた。

「私を待っていてください」

待っていてくれますか――と訊くつもりだった。だが、気づいた時には相手に乞うていた。

「必ず姫を迎えにまいります」

「はい」

姫の答えは、疑うことを知らぬような素直さで返されてきた。そのことに驚きつつ、本当に理解しているのだろうか、という不安が湧いてくる。

だが、続けられた姫の言葉に、不安はどこかへ行ってしまった。代わって胸の中に大きな深い喜びがあふれた。

「わたくしの名は、父から一字をいただいて、明子《あきこ》と申しますの」

女が名を教えるということ――それは、身も心も捧げる相手として認められた証であった。

「姫さま」

乳母が体ごと御簾の方に向き直り、困惑したような、子供を叱るような声で言った。

「わたくしが決めたのよ」

先ほどと同じ言葉を、明子は乳母に返した。だが、その声は少し震えていた。

「明子姫……」

道長は初めてその名を口にした。

「少しだけでかまいません。お姿を見せてくださいませんか」

懸命に頼み込み、息を止めて返事を待つ。

「御簾を上げてください」

明子は乳母に言った。

「姫さま……」

乳母はそれ以上何も言わず、御簾を巻き上げ始めた。やがて、明子の膝《ひざ》もとが現れた。前に見た時と同じく、表は白瑩《しろみがき》だが、裏は蘇芳《すおう》を重ねている。袖口からのぞく小さな手は膝の上でぎゅっと握り締められていた。

そして、衿《えり》もとが現れたかと思うと、あの日、道長が心を奪われたあどけなくて上品な面差しが……。

明子の頬には涙の筋があった。

今すぐ立ち上がって、その小柄な体を抱き締めたい。だが、それはしてはならなかった。道長は拳《こぶし》をきつく握り締め、瞬きせず明子を見つめた。涙に洗われた明子の目も道長を見つめてきた。

名を教えてもらったからにはもう逃げられない。必ず、この人を迎えに来なければならない。時が止まったかのように思えるこの瞬間、道長は深く心に刻んだ。

三

やがて年が替わると、道長は左大臣源雅信の邸である土御門殿へ婿入りした。その長女である倫子の夫となったのだが、倫子にはかつて入内がささやかれていたこともあり、その婿取りは少なからぬ驚きをもって迎えられた。

道長は左大臣家の婿として一目置かれるようになり、羨望とやっかみの混じった目を向けられるようにもなった。

婿入りして三日間は、女の家に続けて通わなければならない。その三日目の晩に振る舞われた餅を共に食べ、所顕《ところあらわ》し（披露宴）をして初めて夫婦と認められる。

だが、その後もしばらくの間、道長はずっと左大臣家へ泊まり続けていた。

十日ほどもしてから、ようやく東三条殿へ帰ると、

「若君ー」

いまだに道長を子供扱いする乳母が駆け寄ってきた。

「あちらでは、しっかりと食べさせていただいておりますか。左大臣さまやその北《きた》の方《かた》さま（穆子）からいじめられたりなさいませんでしたか」

ありえないことを本気で心配してくる。

「ここよりいいものを食べさせてもらっている」

つい正直に答えてしまい、乳母を鼻白《はなじろ》ませてしまったが、それは本当だった。膳には二日続けて同じものが載ることはなかったし、食事の合間には水菓子だの餅菓子だのが振る舞われ、新しい衣服も瞬《また》く間に調《ととの》えられる。

義父となった左大臣とは少し顔を合わせただけで、あまり話もしていないが、義母の穆子は下にも置かぬもてなしをしてくれた。道長と倫子の身の回りは調度にせよ小物にせよ、すべてが上等なものばかりで、若い夫婦に仕える女房たちは皆、若くて見目よく、朗らかだった。

「若君が粗末に扱われていないのならば、よいのですけれど」

乳母はどことなく不本意そうに呟いたが、

「私はいつまでここにいればよいのでしょう」

と、訊いてくる。婿入り後もここの曹司はしばらく使わせてもらうつもりだが、兄たち二人がそうであったように、いずれはあまり帰ってこなくなろう。そのうち、土御門殿が常の住まいのようになってしまうのなら、乳母は自分もそちらへ移りたいと言う。

「いや、しかし、先のことはまだ分からないから……」

道長はやんわりと断った。あの土御門殿の華やかで若い女房たちと一緒では、乳母は気が休まらないだろう。それに、本院と南院とで離れてはいるが、東三条殿には明子がいる。明子との縁が切れていないと、自分でも思えるよう、そして明子にも思ってもらえるよう、乳母にはまだ東三条殿にいてもらいたかった。

その後も、何のかのと心配してくる乳母を何とか言いくるめ、ようやく曹司で一人きりになると、

「久々ですね、若君」

ややあってから、打臥の巫女が現れた。

「うむ。ここのところ、ずっと土御門殿で過ごしていたからな」

東三条殿で打臥の姿を見ると、ようやく落ち着いた気分になれた。

「若君が高松殿の姫（明子）に一目惚れした時は、土御門殿の姫（倫子）とのご縁

はどうなることかと思いましたけれど」

「私の行く末を案じてくれたのか」

「あなたさまは、わたくしが見出した天下の王。ささいなことでつまずかれては困ります」

打臥の言葉は常に耳を傾けるべき金言である。その言葉にはすべて従うと決めたのだ。あの予言を受けた日からずっと――。

それでも、道長自身は神でもなければ、予知の力も持たぬふつうの人間《ひと》だ。だから、迷いもするし、間違った道へ進みそうにもなる。今度のことで、それがよく分かった。

道長は机の前に座ると、巻物を取り出し、墨の用意をした。

「『先見《せんけん》の記《き》』ですね」

打臥が道長の肩越しに言った。「先見の記」とは道長と打臥が付けた呼び方である。記載されているのは「これから起きること」であり、起きたことを記録する「日記」とは正反対だ。「これから起きること」――より正確に言えば「これから成し遂げたいこと」を記し、そのために「いつまでに何をすることが必要なのか」も書き留めておく。それによって、自分のしなければならないことが明確になり、無駄な焦りやあがきをしないで済ませられるのだ。

これまでここに記したことの中には「姉君立后」「懐仁親王即位」などがある。「土御門殿婿入り」もあった。まず、成し遂げたいことを記してから、順を追って、あるいは思いつくまま、為すべきことを書いていく。たとえば、「土御門殿婿入り」については、ひと月ごとの姫への文、季節ごとの贈り物、などとある。為すべきことは時と共に増えていき、一年前からは穆子への文や女房たちへの贈り物も付け加えられた。こうしたことを一つひとつ成し遂げていった結果として今があるのだと、道長は思った。

もちろん、思い通りにいかないこともある。「懐仁親王即位」のため、父や兄への働きかけはほとんど功を奏さなかった。父は道長ではなく、次兄道兼に重大な仕事を任せたのだから。

それでも、この「先見の記」への記載をやめなかったからこそ、土御門殿への婿入りは果たせたのだ。

そして、今、新たに付け加えるべきことがある。

「以源明子為妻――源明子を以て妻と為す」だ。

こんなことを記した「先見の記」は、絶対に土御門殿へ持っていくわけにはいかない。そのためにも、この東三条殿の曹司は、自分にとって必要な場所であった。

「永延《えいえん》二年之内《のうち》」

さらに左側に書き加えた。永延二（九八八）年は来年のこと。つまり、来年のうちに明子を妻にする。

「翌年とは思い切りましたね。なるほど、これは戒めですか。ついつい土御門殿の姫にかまけて、高松殿の姫を忘れてしまわぬようにと――」

打臥の物言いには遠慮がないが、言っていることは事実であった。

土御門殿は居心地がいい。いや、よすぎると言ってもよい。

穆子が大事にしてくれるばかりでなく、妻となった倫子の魅力も大きなものであった。美しいのも聡明なのも話半分と聞いていたが、決して大袈裟ではなかった。

明子より美しい女はいないだろうという考えは改めざるを得ない。明子が初霜の白菊ならば、倫子は色鮮やかな紅牡丹。女人にしては大柄な倫子は、顔立ちも派手で華やかだった。人目を惹きつけずにはおかぬ魅力があり、黙っていても場の中心になってしまう。

「土御門殿の暮らしが快いのは事実だ。だからこそ、この日々に満ち足りてしまわぬようにしなければな」

「若君にしてはめずらしいお言葉ですね。ちょっとやそっとで、満足などなさらない方でしたのに」

「その通りだが、人は理に合わぬこともする。そういうものであろう」

打臥は無言であった。

「人とは愚かなものだと、私は思ってきた、弱きものと思い、疎ましく思ってさえいた。だが、時には私自身がその弱きものなのだと、どうしようもなく実感する時がある」

倫子の魅力と穆子のもてなしは、ある種の毒だ。

(龍宮で過ごしたという浦嶋子《うらしまのこ》とは、こんな毎日を過ごしたのではないか)

そんなふうに思いつつ、左大臣家で濃密な時を過ごしていると、心は酔ったように満たされていく。こうして人は腐っていくのかと、ふと思った時、心の底が冷たく震えた。

――わたくしの名は……明子と申しますの。

忘れたわけではなく、忘れたいわけでもなかったが、明子のことを頭の片隅へ追いやっていたことにも気づかされた。

(いかん、いかん)

明子の涙の跡を思い返し、道長は弱き心に鞭《むち》打つ覚悟で、東三条殿へ戻ってきたのだった。そして、「先見の記」に明子を妻にすると書き記した。

「高松殿の姫に逢うため、まず何を為すべきか」

打臥に尋ねたというより、ただ口を衝いて言葉が出たという感じであったが、

「ひとまずは官位と官職を上げることでしょうね」

と、たちどころに返事があった。

「地位の低い男が、幾人もの女を持つのは大変見苦しいです」

余計な一言も付け加えられる。

「辛辣《しんらつ》な物言いだな。まあ、その通りだ。父上にお願いするか」

「せっかく左大臣の婿になられたのです。実の父君は最後の手段として、まずは義理の父君に働きかけるのがよいでしょう」

「なるほど。あの方は私ごときを婿にしたことを悔やんでいそうだが、まあ、もう婿になってしまったのだ。今後は私の後ろ盾になっていただこう」

「加えて、これまで以上に姉君のご機嫌を取ること。姉君に見限られたら、高松殿の姫とは一緒になれませんよ」

「それもそうだ」

打臥の挙げる言葉を、道長は「先見の記」に書き取った。さらに「昇進」などというあいまいな表現を、いつ、どんな役職に就くのか、細かく記していく必要がある。

「今秋、公卿」

と、書き添えた。今年の秋には公卿の仲間入り、従三位以上になる。さらに、近衛中将昇進とも書き加えた。三位中将と呼ばれる身になれば、二人目の妻を持ったところで、文句は言われないだろう。

さらには、義父への働きかけと姉のご機嫌取りの方法まで細かく記し、道長はそのことを頭に叩き込んだ。

そして、この年の秋、道長は従三位への昇進を見事に果たした。中将任官はならず、少将の位も去ることになったが、翌年の春には権中納言《ごんのちゅうなごん》に昇進。廟堂に列する身となったのだから、もはや中将任官などは物の数ではない。

道長はそれから間もなく、東三条殿の南院で暮らす明子のもとへ通い始めた。姉の詮子は大喜びで、土御門殿に負けぬようにと道長の世話をしてくれる。

同じ年、倫子は長女を産んだ。

（この娘をいずれ帝の后に――）

道長は「先見の記」にそう記した。

四

一条天皇の御世となって以来、父の兼家は摂政、氏長者《うじのちょうじゃ》となり、准三宮《じゅさんぐう》の宣旨をこうむり、輦《てぐるま》を許されるなど、天皇の外祖父として栄華を極めた。

一方で、世間から眉をひそめられるような行いもあった。

天皇と東宮のそろった席で、暑いからと衣服を脱いだり、自らの邸である東三条殿の一部を、天皇の居所である内裏の清涼殿に似せて造り直したりしたのだ。いくら天皇も東宮も自らの孫とはいえ、あまりに無礼だと非難もされた。

――ご自身が帝になったおつもりか。ここは藤原氏の国か。

小野宮流の藤原実資がそう言ったという話も、道長の耳に入ってきている。そのことを打臥に話した時、

「仕方ありませんね。わたくしが申し上げたところで、聞くお方ではありませんから」

と、返事はあっさりしたものであった。

「父上は、そなたの言葉にも耳を傾けられないのか」

道長が尋ねても、打臥は首を横に振るだけだった。打臥が兼家から大事にされていたのは、兼家の運が下降していた頃で、上昇してからはその予知や忠告にも聞く耳を持たなくなったということか。

それでも、打臥が兼家のそばを離れることはなかった。

道長が明子を妻とした翌年の永祚《えいそ》元（九八九）年、兼家は長男道隆を内大臣《ないだいじん》に任命した。その翌年には一条天皇が元服し、道隆の長女である定子《さだこ》が入内を果たす。天皇の元服と同時に関白に任じられた兼家は、わずか数日で病により、関白職を道隆に譲って出家。二条京極《にじょうきょうごく》の邸を法興院《ほうこういん》という寺にして、暮らし始めた。打臥の巫女もついていった。

何でも、そこには兼家を恨む物の怪が現れるとかで、周囲はお祓いを勧めたが、

「私には打臥の巫女がついておるゆえ、要らぬ」

兼家はそう言い放ち、誰の忠告も聞こうとはしなかった。その兼家が帰らぬ人となったのは、出家からわずかふた月後、永祚二（九九〇）年七月のことであった。

兼家の死と同時に、打臥の巫女は姿を消した。

法興院に現れた物の怪の調伏《ちょうぶく》に失敗して逃げたとも、物の怪に取り殺されたとも

言われたが、誰もその亡骸《なきがら》を見た者はなく、行方を知る者もいなかった。

（打臥よ。私にはまだ、いや、これからこそ、そなたが必要だというに……）

道長もまた、謎多き巫女の消息を知る術は持たなかった。


兼家の喪が明けぬこの年の十月、道長は長兄道隆より中宮大夫《ちゆうぐうのだいぶ》任命の意向を伝えられた。

「それは、女御殿が立后なさるということですか」

今の一条天皇に女御は一人しかいない。他ならぬ道隆の娘の定子であるが、摂関の娘であれば立后は当たり前だ。中宮になれば、中宮職《しき》が編成されるものであり、大夫はその長官である。自らの娘を入内させたいという希望を持つ道長にとって、兄の娘に奉仕せよと言われるのは、必ずしも心楽しいことではないが、中宮大夫に任命されるのは悪くない。問題は、今がまだ父の服喪中であるということだった。

この日、東三条殿の南院に、道隆、道兼、道長の三兄弟と詮子は顔をそろえていた。父母を同じくする兄弟姉妹が全員そろった形である。もう一人、超子《とおこ》という同母の姉がいたが、父より前に亡くなっていた。そのせいか、超子の忘れ形見となった三人の皇子たちを、亡き父は大勢の孫たちの中でも特にかわいがっていたものだ。その一人が今の東宮である居貞親王《いやさだ》である。

　そんなことをしんみりと話し合った後のことであったから、虚を衝かれたのは道長ばかりでなく、詮子や道兼も同じだったようだ。

「いや、兄上。女御の立后は父上の喪が明けてからでよいだろう。女御殿にとっても祖父君に当たるのだから」

　弟妹の中で最も年上の道兼が、三人の意向を代表する形で抗議する。

「そうですよ。お急ぎになることはありません。父上の喪が明けて、立后なさった暁には、私も大夫として奉仕させていただきます」

　道長も道兼に続いて言った。

　詮子はさすがに皇太后という立場から、言葉を控えていたが、道兼と道長に同意しているのはその表情から明らかだ。道隆はこの時、あえて言葉を返しはしなかったが、弟たちの発言を不満に思った様子が顔に出ていた。

　先に道隆が去った後、

「大兄上はまさか本当に立后を断行しませんよね」

　道長は残った道兼に問うた。

「身内とて反対するのだから、余所からの非難がどれほどのものになるかは、兄上とてお分かりだろう。すでに主上に奏上していないのであれば、取り下げられるだろうが……」

「奏上してしまっていたら、断行なさるというのですか」

「主上がお許しになっていたら、なさるだろうな」

と言う道兼の声は暗い。詮子も定子立后の件を聞いたのは、今日が初めてだったようで、一条天皇の意向は知らぬようであった。

「これを実行してみろ。小野宮流の賢者殿がどれほど吠え立ててくるか、知れたものじゃない」

不愉快そうに道兼は言う。

真夜中の肝試しでは逃げ帰った道兼だが、花山天皇降ろしを見事に成し遂げるなど、肝の据わったところもある。思ったことをあまり深く考えず、すぐに口に出すのも、この兄の変わらぬ癖であった。

小野宮流の賢者とは、今では参議となった藤原実資のこと。すでに藤原氏の主流から外れた一門ながら、もともと嫡流であったという意識が抜けず、何かと人のすることに目を光らせ、難を見つければ文句をつける。兼家もいろいろ非難されていたのだが、年齢も離れていたから、若造の戯《ざ》れ言《ごと》くらいに聞き流していたようだ。

だが、相手が誰であろうと、歯に衣着せずに物申すところが世間に評価され、近頃では「賢者」「賢人」などと呼ばれていた。

(確かに、あの男は大兄上に嚙みつくだろうな)

身内が非難されるのは気分のいいものではないが、今の段階での定子立后は非難されても仕方がない。ただ、中宮大夫に任じられた自分も、道隆の同族としてあの男に非難されるのは業腹だった。

しかし、事は天皇と摂政が相談して決めることなので、三人にはもはやどうしようもない。

そして数日後、恐れていた通り、定子の立后が発表された。道長が中宮大夫に任命されたのも聞いていた通りだ。

儀式は、定子が宿下がりした東三条殿へ勅使が遣わされ、そこで執り行われた。中宮となった定子が初めて参内する行列には、公卿たちが参列するのが常である。ましてや、中宮大夫がこれに参列しないのは、本来ならば許されないが、着任したばかりの道長はこの時、東三条殿へ行かなかった。

事前に詮子には知らせたが、詮子は思う通りにすればいいと言った。詮子もまた、道隆のやり方に反撥を覚えているのは明らかだった。

そして、藤原実資の批判は、予想以上に手厳しい。

「九条流は積悪《せきあく》の家となった。今に神罰が下るであろう」

同じ小野宮流の公任相手に、そう言ったという噂を道長は聞いた。

翌正暦《しょうりゃく》二（九九二）年、道長は権大納言《ごんのだいなごん》に昇進した。

そして、道長に遅れること一年、長兄道隆の嫡男伊周《これちか》が権大納言となる。この時、伊周は正三位《しょうさんみ》、道長は従二位《じゅにい》。かろうじて上位を保っていたものの、二年後、伊周は内大臣に昇進した。

（八歳年下の甥に、この私が追い抜かれるのか）

伊周は二十一歳、これという実績があったわけではない。関白の嫡男であることと、中宮の兄であることによる昇進だった。

「私はそなたの方を先に内大臣にするべきだと、兄上に申し上げたのだがな」

次兄の道兼がわざわざ道長のいた中宮職の曹司まで来て、言い訳でもするように言った。道兼なりに申し訳ないと思っているのかもしれないが、何の慰めにもなりはしない。この兄はすでに右大臣の職にあり、伊周に追い越されてはいないのだ。

この口惜しさは、味わった者でなければ分からないだろう。実際、道長とてそうなるまでは想像もつかなかった。

この先、あの若者と顔を合わせる度、目下として礼を尽くし、道を譲らなければならないことが、どうしようもない屈辱に思われた。

「前に、そなた、立后の儀式に参列しなかったであろう。兄上はどうやら、あの時のことを根に持っておられるようでな」

自分とて道隆の強引さを非難していたくせに、そんなことは忘れたかのように道兼は言う。

「まあ、無理を押し通した人事であることは、誰より兄上がよくご存じだ。もちろん、内大臣も分かっていよう。ここはあの父子に貸しを作ったと思い、こらえることだ」

分かったふうな口を利いて、道兼は職の曹司を立ち去ろうとしたが、ふと思い出したように、

「内大臣が二条の邸で、昇進祝いを兼ねた競射《きようしや》の遊びをするらしいな」

と、呟いた。知っているかという目を向けられたので、

「生憎《あいにく》、誘われておりませんが」

と、道長は答えた。

「まあ、そうだろうな」

道兼はきまり悪そうに言ったが、「私も誘われていない」と付け加えた。

「だが、兄上はいるだろう。そなたに負い目を感じておられるだろうから、こじれないうちに打ち解ける道を探ってはどうか。競射の遊びなどであれば、地位の上下もなく、そなたも嫌な思いをしないと思うが」

それだけ言うと、道兼は道長の返事は聞かずに、職の曹司を出ていった。

それから数日後、競射が行われる当日、道長は伊周の二条邸の南の院に自ら出向いた。もちろん誘いは受けていない。

「これは、叔父上」

伊周は道長の訪問に驚いていた。が、すぐに顔を強張らせたのは、例の内大臣就任のことで、道長が文句でもつけに来たと思ったからのようだ。

「右大臣から競射のことをお聞きしたので、お邪魔いたしした。私も勝負に加えていただこうと思ってな」

「そ、それは、もちろんかまいませんが……」

競射が行われる庭先で話をしていると、声をかけてきたのは、庭に面した母屋の簀子に現れた道隆であった。

「よく参ってくれた、道長殿」

さすがに道隆は驚きも見せず、和やかな態度で道長を迎えた。

「お誘いも受けずに参りましたので、お叱りを受けるかと思いましたが」

「何を言う。我らは兄と弟ではないか。伊周よ、叔父上をもてなす支度をすぐに調えよ」

道隆が伊周に命じた。伊周はすぐに「はい」と返事をし、従者やら女房やらに指示をするべく、その場を離れた。伊周に対し、わざわざ道長のことを「叔父上」と呼んでみせるあたり、負い目を感じているのは本当らしい。

それから、道長は廂《ひさし》に設えられた見物席に案内され、道隆の隣に座した。

初め、道隆の家に仕える武士たちの競射が行われたが、その間も、道隆は何やかやと和やかな調子で話しかけてくる。

やがて、伊周が弓を引くことになった。

「では、私が勝負させていただきましょう」

道長は立ち上がり、伊周と道長の二人で十本の矢を競うことになった。

「道長殿に先をお譲りするように」

という道隆の指示により、道長が先に射る。十本中、八本が的の星に中《あた》った。一方、伊周が的の星に中《あ》てたのは六本。

道長が二本の勝ち——という結果に終わったが、

「もうあと二本、延長で勝負させてください」

と、伊周が言い出した。

道長に向ける眼差しは必死だった。内大臣として上に立つ者となった以上、勝てぬまでも負けるわけにはいかぬと、その目が言っていた。

だが、新たな勝負を挑むのではなく、あと二本の延長を望むとは、何とか勝ちを増やして引き分けに持ち込もうという腹か。

考えていたよりもずっと、身勝手で幼稚な男だ。

道長が返事をしないでいると、伊周の眼差しは父の道隆の方へ流れていった。

「お願いします、父上」

伊周から乞われ、道隆は困惑した顔つきである。

道長はなおも黙っていた。そのうち、

「殿、ぜひとも内大臣さまの仰《おお》せの通りに」

「もう二本の延長を」

と、二条邸に仕える侍や従者たちが、伊周に追従し始める。ここに、道長の味方はいないのだから、伊周援護の声が大きくなるのは当たり前だ。

「父上っ！」

伊周がさらに声を張り上げた。

この若者なりに、父親に気に入られたいと願い、その期待を裏切りたくないと考えているのだ。その気持ちはかつて自分がそうであっただけに、痛いほどよく分かる。

だが、伊周には一生分からないだろう。常に兄の下に立たされながら、少しでも父親の歓心を買いたいと望む弟の気持ちは——。

「……分かった」

ついに、道隆は息子の必死の願いに屈した。

「もう二本の延長で、道長殿もよろしいか」

摂関にまでなったこの兄が、媚《こ》びるような物言いをするのも、愚かな息子を持つ愚かな父親ゆえなのか。

兄と甥に対する苛立ちに加え、何とも言えぬ情けなさが込み上げてきた。

（こんなふうであってくれと望んだことはない）

道隆も伊周も、そしてもう一人の兄の道兼も、我が道を阻むのであれば倒さねばならぬ敵である。今の世に、こういう立場で生まれついた以上、それは仕方のないことと割り切ってもいた。

それでも、兄たちを思う時、父や母や姉の顔が浮かぶことはある。亡き父が今の道隆の姿を見たら、どう思うだろうか。

「分かりました」

道長は道隆と伊周を順番に見据えて答えた。

「では、先に私から射させてもらいましょう」

控えていた侍から矢を受け取ると、再び矢をつがえる。弓を引き絞ると、

「我が家より、帝と后がお立ちあそばすのであれば、この矢よ、中れ」

叫ぶと同時に、矢を放った。まっすぐ飛んでいった矢は的の星を射貫いた。

振り返ると、伊周は蒼ざめた顔をしていた。「どうぞ」と道長は場所を譲る。

伊周は矢を受け取り、弓を引いた。だが、その腕は震え、矢の示す方向はなかなか定まらない。やがて、伊周の息は荒くなってきた。

「おのれっ」

落ち着かせようと掛け声を放ったものの、矢は空へ向かって飛び出した。弧を描

くように飛んだ矢は的にかすりもしなかった。

道長は再び進み出た。

「我が身が摂政、関白になれるものなら、この矢よ、中れ」

心は不思議なくらい澄み切っている。的に中てようという欲さえ浮かんでこない。すべてを自分ではない何かに委ねているような感覚に貫かれた時、矢は飛んでいった。そして、的の星を確かに貫いた。

道長が下がっても、伊周は動こうとしなかった。戦意はすっかりそがれたのだろう。

「もうやめよ」

廂にいる道隆が声をかけてきた。その眼差しは伊周にだけ向けられており、道長には注がれもしない。

「終わりじゃ、終わりじゃ」

侍たちの声が空々しく庭に響いた。その場にいた人々が慌ただしく片づけを始めている。

伊周は弓を放り捨てると、道隆の方へ歩き出した。伊周が廂へ上がると、道隆はその肩を抱くようにして奥へ入ってしまう。

最後まで、二人の目が道長に向けられることはなかった。

道長はその場にいた侍に帰る旨《むね》を伝えると、道隆父子には挨拶もせず、帰路に就いた。

土御門殿へ到着するなり、「お帰りなさいませ」と近づいてくる女房たちが現れたが、着替えやら何やらが落ち着き、一人になってしばらくした頃――。

「若君」

と、音もなく現れた女がいる。いまだに道長をそう呼ぶのはこの世に一人しかいない。

「打臥よ」

道長は振り返り、在りし日と変わらぬ姿の打臥を見つめた。父兼家の死去以来、姿を消してしまい、道長ももはや会えぬのかと思いかけていたのだが、つい先日ふらりと土御門殿に現れたのだ。

道長はすぐさま土御門殿に女房として雇い入れることとし、倫子にも伝えた。後で引き合わせようと約束したのだが、そういえばあれこれ忙しくしているうちに、まだ会わせていなかったか。

というのも、打臥は道長の用命にだけ応じる者として、東三条殿にいた頃と変わらず気ままにしていたからだ。道長はそれを許し、打臥も土御門殿の女房たちとはほとんど交わろうとしなかった。

「伊周を脅すのはうまくいったようですね」

この日、打臥は道長を見つめ、含み笑いを漏らしながら言った。

「ああ、そなたの助言通りにな」

道長もにやりと笑い返した。

四章　災厄と悪運

一

伊周が内大臣となって間もなく行われた二条邸の競射から、三ヶ月ほどを経て、年が替わった。

正暦六（九九五）年春、道隆は次女の原子《もとこ》を東宮居貞親王に入内させた。かつて道隆の横暴に対し、小野宮流の実資は「神罰が下る」と言ったが、道長の見る限り、そんな気配はまったくない。

この年、道長の長女は八歳になった。土御門殿の倫子には他に長男と次女が生まれており、高松殿で暮らす明子にも次男と三男が生まれている。どちらの邸にもそれぞれの和やかさと安らぎがありはしたが、長女の入内実現までには三、四年はかかるだろう。

一方、右大臣の道兼をはじめ、他の公卿らには一条天皇に娘を入内させる気振《けぶ》りもない。誰もが関白の道隆に睨まれるのを恐れているのだ。

関白一家の栄華にほころびなど何一つない――そう思える年明けであったが、思いがけないことは、二月に元号が長徳《ちょうとく》と変わった後に訪れた。

昨年から民の間に赤斑瘡《あかもがさ》が流行り出していたのだが、今年に入って公卿たちも罹《かか》り始めたさなか、関白の道隆が病に倒れたのである。

すわ、疫病に罹患したのか、と思いきや、そうではなかった。道隆は大酒飲みで知られていたが、長年の深酒により体が蝕《むしば》まれていたのである。

「病につき、関白職を内大臣に譲りたい」

道隆は一条天皇に奏請《そうせい》した。

だが、伊周はまだ二十二歳である。さすがに関白として若すぎるというので、宣旨は下りなかった。ただし、道隆が病の間に限り、伊周には内覧《ないらん》が許された。内覧とは、公卿僉議《くぎょうせんぎ》の前に文書に目を通す権利であり、摂政、関白に与えられるものである。

伊周は期間限定で、関白の職務の一部代行を許されたわけだが、それも束の間。四月十日に道隆が亡くなると、伊周の内覧も停止された。

道隆の死去により、次の関白に任じられたのは道兼だった。

現職右大臣であり、年齢も三十五、一条天皇の外伯父であることから、関白に任じられる理由は十分である。

道兼が関白の宣旨を受け取った後、道長は兄の町尻殿《まちじりどの》と呼ばれる邸へ挨拶に出向いた。兄は数年前、粟田口《あわたぐち》に造営した山荘を好み、そこで宴《うたげ》を開くことも多かったのだが、関白となってからはこちらの町尻殿にいると聞いたからである。

到着してみると、来客があったようで、車寄せに停まっていた牛車が車宿りの方へ移動するのが見えた。

（さっそく、新関白のご機嫌取りか）

誰だろうと、道長は思いめぐらした。疫病のせいで誰もが不要な外出を避ける昨今、自ら足を運ぶとは熱心なことだ。

「来客中であろうか」

車寄せに出迎えた女房に尋ねると、

「はい。実は、小野宮参議さまと四条参議さまが連れ立って、ご挨拶にお見えで」

という返事である。

小野宮参議とは、「賢人」だの「賢者」だのと呼ばれる藤原実資のことだ。四条参議は、実資の従弟《いとこ》に当たる藤原公任である。道長は深い付き合いをしていないが、公任が姉の詮子に対して「いつ中宮になるのか」と暴言を吐いたことは無論忘れていない。

いずれにせよ、仕事で顔を合わせるのは仕方がないとしても、それ以外の場で親しくしたいとは断じて思わぬ面々であった。

(兄上はあの二人と親しくしていたのだろうか)

実資も公任も小野宮流としての自負があるから、傍流のくせに伸《の》し上がった九条流を快く思っていないはずだ。実資などは、亡兄道隆をかなり目の敵《かたき》にしていたものだが……。

一方の道兼も、内心では兄の道隆を疎ましく思っていたはずで、共通の敵を持ったことが両者を近づけるきっかけとなったものか。

同席を願えば許されぬことはないだろうが、どうしたものかと躊躇《ちゆうちよ》していたら、建物の奥へと通じる廊下の向こう側から、幼い声がした。

「叔父上っ！」

「兼隆《かねたか》か」

この春、元服したばかりの甥であった。兄の次男であるが、長男は早世していたから、この子が後継者だと聞いている。

まだ十一歳で、烏帽子《えぼし》も据わりが悪そうな兼隆は、どういうわけか切羽詰まった顔をしていた。父親が念願の関白になり、いよいよ家が栄達しようという時に、跡継ぎの見せる顔ではない。

「何かあったのか」

縋《すが》りつくように駆け寄ってきた兼隆に、道長は問うた。途端に、兼隆の顔が泣き出しそうにゆがむ。

泣くのをこらえようと唇を噛んでいるので、なかなか言葉が出てこない。女房に目を向けると、

「実は、大納言さまのもとへ使いを送ろうかと、話しておりましたところで」

と、こちらも何やら含みのある言い方をした。使者を送る前に来てくれたので助かった、と言っているようだが……。兄の関白就任を祝う挨拶のため出向いただけだが、どうも予想外のことが起きているらしい。

「父上は高熱で倒れてしまわれたんです。それなのに、お客さまには会うとおっしゃって聞かず……。でも、私には絶対に近くへ来るなと――」

兼隆は訴えかけるように言うなり、とうとう泣きじゃくり始めた。

「まさか、赤斑瘡に罹られたのか」

女房を問いただすと、「おそらくは」と苦痛に満ちた声で言う。

「大納言さまは赤斑瘡に罹ったことがおありですか」

「私は幼い頃に罹った」

道長は看病してくれた母の姿を思い出しながら答えた。あの時、母は兄姉たちを病牀《びょうしょう》に近づけようとせず、一人で世話をしてくれたのだ。

この病は人から人にうつるものと考えられ、一度罹った者は二度と罹らないと言われている。だから、道兼は息子をそばに近づけまいとしたのだろう。

「客人たちにも尋ねたのか」

「はい。お二方とも罹ったことがおありだそうです」

それで、実資と公任を病人のもとへ案内したらしい。二人は道兼の具合が悪いと聞いて出直そうとしたようだが、道兼の方が会うと言ったそうだ。

「ならば、私もお見舞いを申し上げたい。すぐに取り次いでくれ」

実資や公任との同席を躊躇している場合ではない。道長が告げると、女房は「はい」とうなずき、先に立って歩き出した。涙を拭う兼隆を促し、そのあとに続く。

「そなたは父君の言いつけに決して背いてはならぬ。お会いしたくとも、ご快復なさるまではこらえなさい」

道長の言葉に「……はい」とうなずきはしたものの、

「父上はお治りになるのでしょうか」

と、問う兼隆の眼差しは不安に揺れている。

「赤班瘡がどんな病か知っているか」

「……命定め、と呼ばれるとか」

兼隆は小さな声で言った。

「そうだ。一度罹って治れば二度とは罹らず、長生きできる。一方、この病で亡くなる人も多い。それゆえ、生き延びられるか否かを決める病と呼ばれるわけだ」

「…………」

「私は医師ではないゆえ、治るかどうかは安易に言えぬ。だが、そなたも元服した以上は一人前だ。九条流の男ならそれにふさわしくあれ。父君もそれをこそ願っておられよう」

見上げてくる兼隆の眼差しは一瞬、苦痛を滲ませたものの、やがて覚悟を決めたものへと転じた。幼いながらも、この甥は九条流の関白の息子として世に立とうとしている。

父道隆の庇護の下、甘やかされた伊周よりはよほどましな男になりそうだと思いつつ、道長は兼隆を部屋へ引き取らせた。

母屋の戸口で待つよう言われ、取り次ぎの女房だけが中へ入っていく。やがて、待つほどもなく女房が戻ってきて、「奥へどうぞ」と告げた。

「先客の方々もおられるのだな」

「はい。殿下は御簾の内に臥しておられますが、そのままお話ししていただければ、と」

「分かった」

女房にさっそく殿下と呼ばせているとは、やはり兄は相当、関白職に執心していたようだ。道隆と年も近い道兼は、道長以上に兄への対抗心を燃やしていたのだろう。

特に、花山天皇を出家させた功労者の自分を差し置き、亡き父が道隆を後継者としたことは腹に据えかねていたようだ。直に聞かされたことはなかったが、道兼がそういう不満を吐いていると噂に聞いたことはあった。

（伊周に追い抜かれた私の屈辱を、兄上は分かってくださらぬと思うこともあったが……）

一方で、自分は兄の鬱屈を分かっていなかった。

嫌っていたわけではない、道隆のことも道兼のことも――。

時と場合によっては、兄弟で一致団結し、事に当たることもあった。役割の比重こそ違えど、花山天皇を出家させた時などはそうだった。だが、父の兼家が権力者となった後はもう、同じ道を行くことはできなくなってしまった。

権力者を父に持ち、同じ母から生まれた兄弟はおおむねそうしたものだ。父や伯父たちもそうだった。祖父と大伯父たちの代もそうだったのだ。その時、藤原氏は小野宮流と九条流に分かれている。

道長たちが九条流であり、小野宮流は……。

「これは、大納言殿」

奥の御簾に体を向けて座っていた直衣姿の男が、体ごと振り返って挨拶した。その傍らのもう一人も、同じように振り返り、無言で一礼する。

小野宮流の藤原実資と公任の二人であった。

「ご先客があると聞いたので、お待ちするつもりでしたが、兄上、いえ、殿下のお加減が芳しくないと知り、はやる気持ちから同席を願い出てしまいました」

「いえ。私どもこそ失礼するつもりでしたが、お引き留めくださる殿下のお言葉に甘えてしまいまして」

と、実資は言う。

とりあえずの挨拶だけ済ませると、二人との会話は切り上げ、道長はまず道兼に挨拶するべく、実資の脇に用意されていた円座に座った。

「今日は関白ご就任のお祝いに参ったのですが、先ほど兼隆殿から床に臥せっておいでと伺い……」

「兼隆と……話をしてくれたか」

御簾の中から、兄のものとも思えぬ声が漏れた。ふだんの道兼は、低いが聞き取りやすい声で、少し皮肉っぽくしゃべるのだが、今は病み衰えた老人のようなしゃがれ声であった。途中、言葉を詰まらせた後、息を吸ったり吐いたりする音も苦しげで、こちらまで息が詰まりそうになる。

「はい。父君のお見舞いをさせてもらえぬことを気に病み、お加減をたいそう案じておりました」

道長は兼隆の様子を伝え、医師はそばに付いているのか、いないのならば呼んでこようかと続けたが、御簾の中からは聞き取りにくいうめき声のようなものが漏れてきただけだった。

「私どもも同じことを申し上げたのだが、よいとおっしゃって」

と、実資が小声で伝えてくる。

「あ、いや、そうおっしゃったように聞こえただけだが」

やや困惑気味に付け加えたのは、道兼の声が聞き取りにくかったからだろう。

「……不出来な……息子で、こまる……」

御簾の中の兄が言った。

「何をおっしゃいます。元服したからには、九条流を背負って立つと言っておりましたぞ」

正確には兼隆が言ったわけではないが、あえて小野宮流の二人に聞かせるつもりで、道長は言った。

「だが、あれに……跡を継がせるしか……ない。これから鍛えて……」

「そうなさってください。兼隆殿もそれを望んでいるでしょう」

「あれに……姉妹のいないのが残念でな。私たちにとって、女院《にょいん》さまのような頼り甲斐のある……」

女院とは詮子のことで、夫の円融上皇が崩御して間もなく出家して、東三条院《ひがしさんじょういん》と呼ばれる身となっていた。

「確かに、私どもは女院さまに助けられてきましたから」

そのことにはまったく同感だったので、道長は大きくうなずいた。今頃、公任はさぞやきまりの悪い思いをしているだろう。あえて公任に聞かせようと思っての言葉なら、道兼も相当なものだ。だが、

「もし、そなたさえよければ……そなたの娘を兼隆の妹に……」

兄の言葉は思いがけない方へ飛んでいった。ふだんの道兼ならば、絶対に口にしなかったろう。やはり高熱で頭が朦朧《もうろう》としているのか。

（兄上が私の娘を養女とし、関白の娘として入内させるということか。それならば、皇子がお生まれになり、帝となった暁には、私自身が摂関になれることとて……）

いや、兼隆の妹と、兄は言った。つまり、それはそういう事態になった時でも、摂関となるのは兼隆だと言いたいわけか。

（返事は慎重でなければならぬ。だが、兄上の今のご容態は……）

本当に赤班瘡であれば、命を落とす恐れもないとは言えない。何とも言葉を返すことができず、道長は無言を通した。

「私も関白となって……これからはそなたや、小野宮家のお二人にも、報いて差し

上げられる……」

道兼の掠れた声が、この時だけは妙にはっきりと聞こえた。それは実資たちにも同じだったようだ。

「かたじけないお言葉」

実資が間髪を容れずに言い、

「必ずや殿下のお力になってみせますぞ」

と、公任も続けた。かつては九条流を下に見ていたこの男も、今は新関白に取り立ててもらおうと必死なのだ。

「これからの世に、お二方の見識がいる」

道兼は精一杯の力を込めて言う。ああ、この兄はいつしか小野宮流の二人を、自らの陣営に取り込んでいたのかと、道長は舌を巻いた。

ここ数年の道隆の独善が、この二人と道兼を結びつけたということもあるだろう。だが、道兼は過去のいざこざを捨てても、実資や公任の力を活かす道を考えていたようだ。それと分かっているから、二人もこうして道兼のもとに駆けつけたのに違いない。これが自分だったら、二人は同じようにしてくれただろうかと、ふと心があらぬ方へ動きかけた。その時、

「道長殿は……私の右腕として……」

兄の振り絞るような声が耳に届いた。

「もちろん、兄上のお力にならせていただきますとも。ですから、今はゆっくりとお休みに……」

「私が臥せっている間、兼隆のこと……」

「兼隆殿のことはご心配なく。私がお世話いたしますゆえ」

「……ありがたい」

それだけ言うと、道兼の声は力尽きたように、ぷつっと切れた。その後は何も言わなくなったので、道長たちは顔を見合わせ、辞去することにした。

実資と公任は同じ車で来たらしく、一緒に帰ると言うが、道長は兼隆とその母に挨拶していくつもりであった。戸口に控えていた女房にその旨を告げ、二人とはそこで別れる。

「では、これにて」

道隆の積悪を弟のお前たちがどうするつもりか、これからじっくり見定めてやろう――実資の目はそう言っていた。

「失礼します」

公任の眼差しは実資ほど鋭くない。口数も多くないのは、かつてそれで痛い目を見たからだろうか。だが、その目はまだ屈してはいない。浮かび上がることをあきらめていない目だ。

「お二方は、これまでも兄上とお付き合いを？」

道長はふと思い立って尋ねてみた。実資は答える気がなさそうで、横を向いてしまったが、

「粟田の山荘に招かれたことはあります。私を『野中《のなか》の清水《しみず》』と呼んでくださいましたので」

公任は目を伏せてそう述べた。

「ほう。野中の清水、ですか」

それは、『古今和歌集』にある歌の一節だ。

いにしへの　野中の清水　ぬるけれど　もとのこころぞ　しる人ぞくむ

昔は清らかで澄んでいた野中の清水も、今は汚れて温くなってしまったが、元の清らかな冷たさを知る人が汲んでいくのだ――という意だ。「野中の清水」とは、

才ありながら沈淪《ちんりん》の身をかこつ公任を指していたのだろう。公任のように、己の才を恃《たの》む男はそれを分かってくれる相手を好ましく思うものだ。

なるほど、兄はうまく公任を懐柔していたらしい。古歌を用いて持ち上げるのも、公任が喜びそうなやり方である。

これから道兼の世となれば、おそらくこの二人は重用され、自分も関白の右腕として活躍させてもらえるだろう。伊周を超えて、右大臣以上の職ももらえるかもしれない。

悪くはない話であった。だが、それも兼隆が大人になるまでのことではないのか。

伊周が絡むと、道隆が判断を誤ってしまったように、道兼とて今日の言葉を翻《ひるがえ》す時が来るかもしれない。そのことを踏まえてどう身を処すべきなのか。道長の娘を養女にしたがっているかのような言葉にも、どう答えればよいのか。

しかし、道長はその問いについて、それ以上思い悩む必要はなかった。

関白に就任してから数日後の五月、道兼は帰らぬ人となったからである。

二

「今です。この機を逃してはいけません」

と、打臥の巫女は言った。

「今度こそ、若君が関白におなりなさい」

道兼が世間で「七日関白」などと呼ばれているのは気の毒であったし、弟として兄の死を悼む気持ちもある。だが、自分が手にかけたわけではないのだから、関白職を受け継ぐことに気が咎めるわけではなかった。

道兼が気にかけていた兼隆のことは、自分が父親代わりとなって面倒を見るつもりだし、兼隆にもそう言っている。

兼隆の年齢ではとうてい道長と関白職を競い合うことはできないが、道隆の遺児である伊周となると、話は別だ。わずかな間ではあるが、道隆に代わって内覧を許された実績もあり、今度こそ関白になるのは自分だと触れ回っているらしい。さらに、伊周の母方に当たる高階氏は、呪詛《じゅそ》が功を奏したなどと言っているとかいないとか。

いずれにしても、若い伊周に関白を奪われるなどまっぴらだった。

だが、伊周は一条天皇の中宮定子の兄だ。天皇には中宮より他の后妃《こうひ》がおらず、定子への寵愛が深いのも有名である。それゆえ、伊周は強気でいられるのだろう。

「こういう時、後宮《こうきゅう》から働きかけられる者は有利だな」

「もちろん、伊周は中宮を動かしてくるでしょう。ですが、若君にも動かせる相手がいるではありませんか」

「姉上か」

今や出家して東三条院と呼ばれる詮子は、長年暮らした東三条殿ではなく、道長と倫子の土御門殿で暮らしている。これは、父の死後、東三条殿を相続した道隆との折り合いがよくなかったためだ。東三条殿を出たいという意向を詮子が示した時、道長はすぐに同居を申し出て、詮子からはたいそう感謝された。

明子の暮らす高松殿ではなく、あえて土御門殿としたのはこちらに娘がいるからだ。八歳の長女が入内する相手は、今年十六歳になった一条天皇より他にいない。その時が来たら、天皇の生母である詮子に後押ししてもらおうとの目論見《もくろみ》はあったが、それより早く関白就任の後押しを願うことになろうとは――。

「これまで、何のために姉君のご機嫌を取ってきたのですか。今こそ、役に立っていただきましょう」

打臥はまるで詮子を道具であるかのように言うが、道長はそこまで自分本位に考えられない。

「姉君を利用することに躊躇するようでは、天下の王になどなれませんよ」

「分かっている。だが、言い方というものがあるだろう」

「どんな言い方をしたところで、することは同じです。亡き大殿（兼家）はこういう時、まったく躊躇などなさいませんでしたよ」

確かに父ならばそうだったろう。そして、打臥の口から父のことを聞かされると、決して負けるわけにはいかぬという気持ちも湧いてくる。

「それに、あの姉君は若君からものを頼まれれば、喜んで引き受けると思いますよ」

「うむ」

それは、道長にも分かっている。もともと母に似て世話好きな質《たち》であり、幼い頃から道長の面倒をよく見てくれる姉だった。母ともう一人の姉超子が亡くなった後は、余計に自分が面倒を見てやらねばと思うようになったのかもしれない。

そんな姉の優しさは、兄たちとやがて権力の座を懸けて闘わねばならぬ道長にとって、救いでもあった。姉の機嫌を取り続けてきたことに、打算がなかったとは言わないが、それでもこれまでの間に築き上げてきた強い絆に自信はある。

「姉上にお頼みしよう」

道長は静かな自信に満ちた声で言った。

詮子の前で頭を下げた後、しばらくの間、返事がなかったので、道長は若干不安に駆られた。だが、顔を上げた時には驚かされた。

詮子は袖で涙を拭っていたのである。

「あなたがそう言い出してくれるのを、わたくしはずっと待っていたのですよ」

と、口を開くなり、詮子は言った。

「姉上……」

「あなたが申し出ないのであれば、わたくしから切り出そうかと思ったけれど、それではあまりに出すぎているかと思って」

「申し訳ありません。姉上にご心配をおかけしてしまい」

「謝ることなどありません。すぐにでも主上に使者を送りましょう」

詮子はそう言い、言葉の通り、道長への関白宣下を願う書状を一条天皇に送ってくれた。

だが、使者は返事をもらえぬまま帰ってきた。その後も、道長と伊周のいずれに対しても、関白の宣旨は下らぬまま数日が過ぎる。

「二条邸のことはお聞きおよびですか」

藤原実資から宮中で声をかけられたのは、そんなある日のことであった。二条邸とは伊周の邸のことである。

「あちらは、前関白《さきのかんぱく》（道隆）の喪に服しているのではありませんか」

「表向きはそうでしょうが、祈禱の僧侶に交じって、よからぬ者が出入りしているとか」

「よからぬ者？」

実資の目は厳しかった。

そういえば、父兼家の喪中に、道隆は定子の立后を行い、実資から非難されたことがある。その道隆の喪中に、一家がどう振る舞うか、実資は目を光らせていたのかもしれない。

その話によれば、怪しげな術者や験者《げんじゃ》が二条邸に出入りしていると噂になっているそうだ。しかも、

「粟田関白殿（道兼）があっけなく亡くなられたのは、自分たちの力だと吹聴しているのだとか」

と、実資は扇を口もとに当てて言った。

「無論、卑しい者の言葉が事実とは限りませぬが」

実資は落ち着いた声で続けた。道長もそうだろうと思う。たまたま二条邸に出入りした下人《げにん》どもが、今の朝廷の混乱を聞きかじり、ありもしないことを面白おかしく語っているだけだろうと——。

だが、そうは思っても、一瞬、激しい怒りで目がくらんだ。

伊周が叔父の道兼や道長を敵と見るのはかまわない。こちらも同じだ。敵を倒すのに策をめぐらせるのも、卑怯な手を用いるのも、非難するつもりはない。そもそも、道兼などは自分も出家すると見せかけて、花山天皇を剃髪させ、自分は出家しなかったのだ。

しかし、伊周は、自分が道兼より関白にふさわしいと自惚れているのか。道兼よりも、よりよく天下を治められるとでも思っているのか。

その愚劣な思い上がりは、いったいどこから出てくるのだろう。

父も兄も卑怯な策を弄《ろう》したかもしれないが、天下を治める自信があったからに他ならない。そして、実際に父は外戚として治世を支えた。

伊周にはそのような器量は断じてあるまい。

「今は、関白就任を祈禱させていると聞きますが、大納言殿も気をつけられるがよろしいですぞ」

実資はそれだけ言って、道長のそばを離れていった。

（兄上のように、伊周に呪い殺されぬように、ということか）

いや、実資はただ単に世間の噂を伝えただけだ。伊周が呪詛を行ったという証などはない。そこまでしているとは思いたくもない。

それでも、そのような噂を立てられるだけで、関白の息子として、中宮の兄として、伊周は恥をさらした。そのような男を関白になどしてたまるものか。

道長は土御門殿に帰宅後、詮子のもとを訪ね、帝への働きかけについて尋ねた。

詮子のもとに返事は届いていないという。

「今日も、宣旨は下りなかったのですね」

詮子は溜息混じりに告げた。自分への返事はないとしても、宣旨は下ると思っていたようだ。

「よろしい。わたくしが主上のもとへ参り、直にお願いいたしましょう」

詮子は潔く言った。

「そこまでしてくださるのですか」

「もちろんです。他ならぬあなたのためではありませんか」

詮子は言い、すぐに内裏へ出向くと言った。本来、国母《こくも》の参内となれば、大勢の公卿が付き添い、内裏でも迎える支度を調えた上でのことでなければならない。

「今はそんなことは言っていられません。あなた以外の人に宣旨が下ってしまっては、取り返しがつきませんから」

詮子はひそかに参内して、帝に会おうと言う。もちろん、国母の願いを妨げる者はいないだろうが、大きな騒ぎになりかねないことであった。

「かまいません。清涼殿にはわたくしの使える局がありますから、そちらへ参って、主上にお会いいたします」

詮子は今にも牛車に乗り込みかねない勢いで言うが、それでも、付き従う女房を選び、その者たちが支度を調え、内裏にいる知り合いの女官にもひそかに知らせをやり……などのことをしているうちに、夜もすっかり更けてしまった。

それから、詮子は牛車に乗り、目立たぬよう出発した。道長は徒歩《かち》で牛車に付き添い、内裏へと向かう。

詮子が牛車から降りるのを介添えしていると、亥三《いみ》つの刻《とき》（約午後十時）を告げる役人の声が聞こえてきた。

「これでは、主上はもうお休みになってしまわれたかもしれませんね」

「主上にお目にかかるまでは帰らぬ覚悟で参りましたから、あとはわたくしに任せておいでなさい」

詮子は頼もしい口ぶりで言うと、脇目もふらず、上《うえ》の御局《みつぼね》に向かった。

女官を呼び出し、一条天皇の所在を問うと、やはりもう就寝のための夜の御殿《おとど》に入ってしまわれたという。通常はそこへ後宮の女人が呼ばれるのだが、今は喪中であるため中宮はいない。中宮以外に部屋を賜った女御は一人もいないので、帝が女人と夜を共にしているわけではないだろうが、夜の御殿へ入った帝を呼び出すことはできないだろう。

「では、わたくしが主上のもとへ参ります」

詮子は誰かに相談することもなく、そう言って立ち上がった。

「あなたはここで待っているように」

道長に言いふくめると、詮子は慌てふためく女官たちに付き添われて、夜の御殿へと向かった。

上の御局は、天皇の居所である昼の御座《おまし》の北、後宮と夜の御殿との間にある。後宮の女人が夜の御殿へ出入りする際、休息のために使われる局だが、その一つを、今は天皇の母である詮子が使っていた。

後宮といっても、女人だけが暮らすわけではなく、東宮の居所とされることもある。一条天皇がまだ東宮であった頃、与えられていたのは凝華舎であった。

ふと、花山天皇を出家させる謀の成否を待ちながら、父と凝華舎で過ごした夜のことが思い出された。

その結果によって、その後のことが天と地ほどに違ったものになる人生の分かれ道――それがあの夜だった。そして、今晩もまた、同じような分かれ道に自分は立っている。

あの晩は傍らに父がおり、少し離れた清涼殿の殿上の間には、道隆と道綱二人の兄が控えていた。

今は一人で待たねばならない。詮子に付き従ってきた土御門殿の女房たちもいたが、誰も道長の目に見えるところにはいなかった。

道長は立ち上がると、外に面した簀子に出た。

御局の中には灯台の火もあるが、外は闇に包まれている。遠くにぼうっと光っているように見えるところには、篝火《かがりび》が焚かれているのだろう。

空を見上げると、満月にやや欠けた月が浮かんでいた。あと四日で望月になる。

その時、自分は天下を手にしているだろうか。

道長は自分の手を見つめ、不意に拳を握り締めた。力を緩めず、月を見上げる。

「天下の王か。悪くないな」

低い声で呟き、しばらく道長は動かなかった。

「道長殿」

詮子が国母とも思えぬ忙《せわ》しない足取りで、夜の御殿から戻ってきたのは、それから、どれくらいの時が経ってのことか。時を告げる役人の声は聞こえないので不明だが、月の位置はあまり変わっていないように思える。

「宣旨が下りました。あなたに内覧をお許しくださるそうです」

摂政と関白に許される「内覧」の権利が今、道長のものになったのだ。事実上の関白と同じであった。

「姉上、いえ、女院さま。かたじけなく存じます」

道長はその場に跪き、姉の前に頭《こうべ》を垂れた。拳のまま凍りついたような右手を、ゆっくりと開いていく。運は逃げなかった。道長の手に留まっている。

不意に気づくと、その手が姉の両手に包み込まれていた。

「姉上……」

何も言わなくていいと言うかのように、姉は道長の手を握ってくれる。その目尻には涙が浮かんでいた。

三

藤原道長に内覧の宣旨が下されて間もなく、氏長者の座も道長のものとなった。内大臣だった伊周を超えて右大臣に任ぜられ、得意げに廟堂を率いている。伊周はその叔父の姿を為す術もなく見やりつつ、

（父上があと少しだけ長生きしてくだされば……）

と、胸に呟いていた。これまでに何度、この言葉を口に出し、胸に唱えたことであろう。

父の道隆があっけなく亡くなることさえなければ、自分は父から関白の位を引き継げていたはずなのだ。

父の死後、叔父の道兼が関白となった時には、目の前が真っ暗になる心地がした。

しかし、この時は天の御加護があった。道兼はそれからわずか数日で、命を落としてしまったのだから。

――呪法が効いたのでございましょう。

母方の祖父、道観《どうかん》がこっそりとささやいてきた。まさか叔父を呪い殺したのかと驚いて訊き返すと、祖父は少し虚を衝かれた表情をした後、

――いや、あなたさまが関白となれるよう祈禱したまででござる。

と、言った。だが、あの祖父が叔父を呪詛していたとしても、さほど不思議ではない。祈禱がとにかく大好きな人なのだ。あの時も自分が驚いたため、本当のことを隠し、とっさに言い換えた見込みが高い。

本当に呪詛が効いて、叔父が死んだのならそれはそれでかまわない。ただ、自分はそれを知らない方がいいだろう。すべてはあの祖父が勝手にしたことなのだ。

道兼の死後は、いよいよ我こそが――と思っていたのに、もう一人の叔父の道長に内覧の宣旨が下ってしまった。これは明らかに、東三条院（詮子）の悪知恵によるものだ。

あの叔母が帝を惑わしたのが悪い。聞いたところでは、帝の寝所にまで押しかけ、涙ながらに道長を関白にするよう訴えたのだとか。

帝は母思いの優しいお人柄ゆえ、断れなかったのだろう。

だが、女人が政に介入すると、ろくなことにならない。この一件では、東三条院を非難する声も上がっていた。ついでに、姦計《かんけい》をめぐらして内覧の許しを得た道長

の評判も落ちればいい。

道兼に続き、道長をも、父が冥途《めいど》に連れていってくれないものかと期待したが、生憎なことに、半年が過ぎても、その気配はなかった。

まったく、祖父の道観は何をしているのか。道兼を呪詛したのなら、道長をも呪詛すればよいものを。

長徳元（九九五）年は父の死に始まり、腹立たしいことが続いていたが、年が替わっても、災いは続いた。

「内大臣さま、三の君さまのことで少々気になることが」

ある日、従者の一人が申し出てきたのである。「三の君」とは、伊周が今通っている故太政大臣藤原為光《ためみつ》の三女のことであった。この従者は彼女のもとへ幾度か使いに出している。

美しいという噂を聞きつけ、通い始めたのだが、逢ってみれば評判以上の美人であった。だが、それも無理はない。彼女の姉の忯子《よしこ》は、かつて花山天皇のもとへ入内して、その寵愛を一身に集め、死後は天皇に世を捨てさせたほどの女なのである。

忯子の顔は知らないが、おそらく三の君に負けず劣らず美しかったのだろう。

「何があった」

伊周自身も三の君に心を奪われていたから、気にかかって従者を促した。

「実は、あちらの邸の近くで、文使いの者と出くわしまして」

「何者かが三の君に文を送っているということか」

文のやり取りは誰とでもするものだから、いちいち気にすることはないのだが、懸想文の使者は他とはどこか違っているものだ。女の気を引こうという文は凝《こ》ったものになる。特に文を送り始めたばかりの頃は、どの草花に文を結びつけるか、どんな香を薫《た》き染めるか、それだけで一刻も悩む男だっている。

そういう文の使いは見目好い者が多いし、使者自身も主人の想いを託され、気合を入れて女宅へ向かう。だから、使者同士が顔を合わせれば、何となく互いに分かってしまうものであった。

「実は、気にかかりましたので、その者が邸から出てくるのを待ち、あとをつけてまいりました」

と、従者は言った。よくやったと、伊周はうなずき返す。去年から働き始めた男だが、こういう気働きができるのならば今後も重宝してやろう。

「その者が入っていったのは、法皇さまの御所でございました」

「なに、法皇さまだと！」

伊周は思わず声を上げてしまった。

今、法皇さまと呼ばれるのは、花山法皇である。寵愛する女御忯子の死を嘆き、叔父道兼に唆《そそのか》されて出家したあの法皇が、我が妻のもとへ通っているというのか。

一人の女のため、天皇の位を捨てて出家したと言えば、たいそう純情に聞こえるが、実はそれほど美しい話でもない。花山天皇が忯子の死を悲しみ、出家を願ったのは事実だが、その出家は兼家一家の陰謀がらみである。そもそも、陰謀を企んでまで出家させたのは、少し経てばまた、花山天皇が別の女に心を移し、出家の願望など忘れ去ってしまうと分かっていたからだ。

事実、出家の身でありながら、法皇は女に懸想している。それも、人の妻である女に――。

（亡き女御の面影を、妹の三の君に見ておられるのか）

それはあり得ない話でもなく、それだけ法皇の忯子への想いが深かった証でもあろう。

（だが、だからといって、人の女に手を出してよいことにはなるまい）

伊周は不快の念を覚えたが、従者の前でそれは口にせず、男を下がらせた。

それから、この件をどうするか、じっくり思いをめぐらした。身を退くという結末を選ぶなら、それ以上考えることはないが、そのつもりはない。とはいえ、花山法皇を相手にどんな策を取れるのか、自分では思いつかず、結局、同母弟の隆家《たかいえ》に相談することにした。

「なに、お悩みになることなどありませんよ」

話を聞くなり、隆家は言い出した。

「そもそも、出家なさったお方が妻をお持ちになるのがおかしいのです。こちらがすべて承知しているのだぞ、と知らせて、少し脅してやればよろしいでしょう」

「法皇さまを脅し申し上げるのか」

「法皇さまご自身を脅したりいたしませんよ。法皇さまが三の君のもとへ通ってこられたその場を押さえ、付き従う者に矢を射かけてやるのです。それで、法皇さまも従者たちも怖気《おじけ》づくでしょう。ご安心ください。誰にも怪我《けが》などさせやしません」

少々乱暴な策だとは思ったが、そもそも非はあちらにある。それに、退くつもりがないことをはっきり示さなければならないのだ。中途半端なやり方では、意が十分に伝わらないこととてあろう。

「よし、その策でいこう。力を貸してくれるか」

伊周の言葉に、隆家は自信たっぷりにうなずいた。

「もちろんです。矢を引く侍もすべて私がご用意いたしましょう」

頼りになる弟を持ったことを、この時、伊周は天に感謝したのだった。


事を実行に移したのはそれから二日後、一月十六日であった。三の君の邸を見張らせておいた従者から、昼のうちに花山法皇の使者が出入りしたという知らせを受けたのだ。おそらくその晩、法皇が訪問するのだろうと、伊周は隆家らと共に、邸の築地《ついじ》の陰に身を潜めて待ち構える。

日暮れとほぼ同時に見張りを始めると、一刻ほども経った頃、目立たぬ網代車《あじろぐるま》が現れた。法皇という身分にはまったく似つかわしくない粗末な車である。

だが、従者の数は七、八人もいて、彼らが上等な身なりをしているので、不自然であった。

「法皇さまで間違いなかろう」

伊周が小声で言うと、隆家はうなずき、傍らに控えた侍たちに目配せをした。すると、数人の侍たちがいっせいに法皇の行列に向かって駆け出していく。

何事かと牛車が動きを止め、法皇の従者たちが身構えたところを見計らい、隆家のそばに残った侍が矢を射かけ始めた。矢は人に中てぬよう指示してある。先に侍たちをけしかけたのも、相手に注意を促すためだ。

一本目の矢は従者の足もとへ。

二本目の矢は築地の壁へ。

三本目の矢は、牛車の簾の下あたりを目がけて射られた。

その時、思いがけないことに、簾が動いた。中から簾を掲げようとする人の腕が現れる。

「しまった！」

矢を射た隆家配下の侍が慌てて声を上げた。侍の射た矢は簾からのぞいた人の袖に見事的中した。

「ひゃっ！」

恐れおののく甲高い声が伊周の耳を貫いていく。それが、花山法皇のものであることはすぐに分かった。

「法皇さま！」

自分たちがしようとしていたことも一瞬忘れ、伊周は牛車に向けて駆け出していた。もしも矢が法皇の腕を傷つけていたら、官職の剝奪や流刑だけでは済まされぬかもしれない。

だが、近づいてみれば、矢が射貫いたのは袖の部分だけで、法皇の腕に傷をつけてはいなかった。矢は袖と牛車の簾を縫い付けていたが、法皇の従者がすぐにそれを引き抜き、法皇は何が起きたのかさっぱり分からぬという顔つきで、茫然と牛車から降りてくる。

「伊周ではないか。これはどういうことだ」

花山法皇から問われ、伊周はすべてを洗いざらいしゃべった。三の君に通う法皇の邪魔をするべく、矢を射かけたことまで包み隠さず。

「ただし、お信じください。法皇さまを射よと命じてはおりません。従者の方々を傷つけるつもりもなく、ただ少し驚かし申し上げようとしただけで……」

「何を申しておる。余は三の君になど逢ってはおらぬぞ」

法皇は目を丸くして言った。法皇がひそかに通っていたのは、何とその妹の四の君であるという。

「亡き女御が帰ってきたように思えてな」

と言うところからすると、四の君は亡き忯子に似ているようだ。

「申し訳ございませぬ。とんだ勘違いを……」

伊周はその場に跪いて頭を下げた。勘違いをした従者を打ちのめしてやりたいが、今は法皇の許しを得なければならない。今夜のことが公にされれば、すべてが終わりだ。

だが、伊周の心配はすぐに拭い去られた。花山法皇は勘違いだったと分かると、伊周と隆家を咎めはせず、

「今宵のことは内密で頼む」

と、自分から言い出したのだ。出家の身で女の家へ通っていたという事実は、確かに法皇としては具合が悪い。

「寛大なお心に深く感謝申し上げます」

「なに、隆家は余の双六《すごろく》仲間ゆえな。たいていのことは許してつかわそうぞ」

花山法皇は隆家の方を見て笑いながら言った。

隆家はやんちゃなところがあり、子供の頃から父母を嘆かせてきたものだが、だからこそ世間の尺度からはみ出た法皇とは馬が合うのだろう。

だが、そのお蔭で今回は救われた。そう思った時、ようやく緊張がほどけていった。空を見上げると、おぼろにかすむ十六夜《いざよい》の月が見えたが、すぐに雲に覆われて

しまった。

それから三ヶ月後の四月、右大臣の道長は陣の座に伊周と隆家を除く公卿たちを招集した。

「権中納言藤原隆家の従者が法皇さまに矢を射かけたとする件につき、集まってもらった。すでに方々もご存じのことと思うが、法皇さまより申し立てがなく、いかんともしかねていた。されど、事を明らかにするべしとの具申が小野宮権中納言殿（実資）よりあり、法皇さまにお確かめ申し上げたところ、去る一月十六日夜の出来事で間違いないとお認めになられた」

公卿たちの間に声にならぬ動揺が走った。驚き、納得、落胆――さまざまな顔色がある。実資を見やると、しごく当然という顔つきであった。

「では、方々、権中納言藤原隆家の処遇につき、話し合っていただきたい」

権中納言の職からの降格を口にしない者はいなかった。

「さらに、内大臣藤原伊周の二条邸に仕える女房より、東三条院さまへの密告があり、それについてお知らせしたい」

この頃、詮子は道長の土御門殿で暮らしていたが、病に臥せっており、道長と倫子を心配させていた。ところが、二条邸の女房の密告によれば、伊周が詮子の呪詛を行わせていたという。さらには、天皇の許しもなく大元帥法《だいげんすいほう》の呪法まで行わせていた。

その証言がしたためられた記録を、道長は公卿らに回し読みさせた。

「いかがであろう。内大臣にもしかるべき処罰があるべきと思うが」

隆家の処分の時とは違い、公卿たちは顔を見合わせている。隆家の事件はすでに噂も広まっており、花山法皇の証言もある以上、その罪は覆《くつがえ》らない。

一方、二条邸の呪詛云々は女房の密告でしかなかった。さらに、今、二条邸には懐妊した中宮定子が宿下がりしている。万一皇子が生まれれば、皇位継承者となる見込みも高く、その時、伊周は外伯父となる。

先のことを見越して、公卿らは重い処分を口にするのを渋っているのだ。

「四条参議殿（公任）はいかがお考えか」

「これが事実ならば……」

公任が躊躇いがちに切り出したのを、

「事実だと申し上げましたぞ」

と、道長は遮った。

「女院さまの御身を思い、事を明らかにした女房が言を偽ったとでも？　この証書は私が書いたものではなく、衛門府《えもんふ》の役人が話を聞いてしたためたものです」

「いえ、事実でないと申し上げるわけではなく」

公任は慌てて口を開いた。

「事実だとしても、中宮さまの御身とお生まれになる御子のことを思うと、内大臣の処分は穏便であってもよろしいかと――」

「逆でござろう」

道長はぴしりと言った。

「中宮さまと御子は無論のこと、何としてもお守りせねばならぬ。だが、内大臣の悪行を放置しておけば、中宮さまを我が身の盾とするやもしれぬ。いずれは御子の外伯父として、権勢を振るうことにもなろう。悪行を犯した者に、中宮さまと御子を託してよいはずがない」

「右大臣のおっしゃることが正論ですな。もちろん、女房が偽りを述べていなければ、の話ですが」

実資が口を挟んだ。道長は実資に目を据え、

「偽りを述べるどんな利が女房にあるとおっしゃるのだろう。内大臣に知られれ

ば、身が危うくなるようなことであろうに」

と、訊き返す。実資は落ち着き払って顎鬚に手をやりつつ、口を開いた。

「その女が二条邸に仕えていることはお調べになったろうから、疑う余地はない。仮に偽りを述べているとしたら、使用人にそこまで憎まれた内大臣の人品《じんぴん》が疑われよう」

実資の言葉は必ずしも道長の意に沿うものではなかったが、伊周ならば、この種のことをやりかねない軽薄さ、また使用人に裏切られる脇の甘さがあると認めたようなものであった。

その後も議論が交わされたが、最後には伊周と隆家二人の降格、左遷と決まった。一条天皇にそのことが奏上されると、

「内大臣藤原伊周を大宰権帥《だざいのごんのそち》に、権中納言藤原隆家を出雲権守《いずものごんのかみ》に降《くだ》すものとする」

という宣旨が下された。

伊周は呪詛と大元帥法について身に覚えがないと否定したが、すでに宣旨が下ったからには、決定が覆ることはない。事実上の配流《はいる》であるため、ただちに任地への下向が命じられたが、伊周と隆家はそれにも従わず、しばらくの間、中宮のいる二

条邸に引きこもって抵抗したという。

この悪あがきはさすがの一条天皇をもあきれさせたようだ。傍らで報告を聞いていた道長が何も言わぬうち、

「二条邸へ兵を差し向け、ただちに出立させよ」

と、厳しい口調で命じた。

兵たちは中宮定子への遠慮から二条邸への踏み込みをしかねていたのだが、それもかまわないというのである。その結果、二条邸に兵が踏み入り、まずは隆家が潔くあきらめ、最後まで抵抗していた伊周もついに兵たちに身柄をとらわれ、配所へと流された。

この時、定子は自ら髪を切り落とし、尼になってしまった。

「うまくいきましたね、若君」

土御門殿の曹司で一人になった道長に、打臥の巫女はうっすらと笑いながら言った。

「私はただ、故相国《しょうこく》（為光）の三の君に他の男が通っているようだと、従者を通して知らせてやっただけだがな」

それだけで、伊周と隆家は道長の望む通り、いや、望む以上に踊ってくれた。二条邸の女房からの密告といい、流罪の宣旨が出てからの悪あがきといい――。

「実際、伊周らは姉上の呪詛や大元帥法をやっていたのだろうか」

「その事実を知ることに、利はありますか」

打臥から逆に問い返され、道長は「ないな」と答えた。

本当に行っていたのであれば、流刑は妥当である。もし無実であれば、仕えていた女房に裏切られたことになり、とんだ愚か者だ。そんな輩《やから》に国政を任せるわけにはいかない。

すべて思惑通りになった。

いや、中宮の出家とは思惑以上と言っていい。

道長は日記にまぎらせて隠している「先見の記」を取り出した。かつてそこに掲げた「長女立后」。それに向けて為すべきことの中に、「伊周配流」は確かに書いたが、「中宮出家」までは書いていない。

他に「左大臣昇進」とあるが、これは伊周らが都を去ってから果たされた。廟堂の最上位となり、内覧の権利も行使できる道長にとって、たいていの人事は意のままとなる。

とはいえ、中宮の子の性別にまでは関与できない。

「若中宮子男子――若《も》し中宮の子、男子たれば」

道長は新たに書き加えた。しかし、その次の言葉はなかなか記せなかった。

打臥も特に何も指示してこない。結局、道長はその先を記さなかった。男子だった時に考えても遅くはあるまい。その外祖父はすでに亡くなっており、代わって後ろ盾となるべき伊周と隆家は都にいないのだから。

そう考えて、道長は「先見の記」をしまった。

五章　秀才の影を踏む

一

伊周と隆家が流された年の終わり、中宮定子は第一皇女を出産した。
間もなく年は替わって長徳三（九九七）年となったが、病牀に臥せった詮子の容態はなかなか快復しない。定子の出産より前、その母である高階貴子が心労の末、命を落としたこともあり、詮子の病は道隆や貴子の祟《たた》りではないかと、噂されるありさまであった。

一条天皇も胸を痛め、詮子自身が伊周と隆家を帰京させてほしいと訴えるようになった。

そこで、四月、恩赦が下され、伊周と隆家は都へ呼び戻されることになる。その後、詮子の容態は少しずつ快復していき、皆が胸をなでおろした。

一方、定子が出家したことにより、一条天皇の後宮は后妃が一人もいないという状態に陥ったわけだが、道長の娘はまだ入内させられる年齢ではない。ならば、その隙にとばかり、他の公卿らが娘を入内させ始めた。道長の娘が入内してくる前に、あわよくば皇子を――との腹積もりが見え透いている。

一条天皇は彼女らを受け容れ、それぞれ大事にしているそうだが、出家した定子への未練断ちがたく、心を悩ませているという。その年の六月になった頃、

「中宮と姫宮の参内を許してやってもらえませぬか」

道長にそう切り出したのは、やっと快復して起き上がれるようになった詮子であった。

体は健やかになったはずなのだが、今も詮子は精彩を欠いて見えた。

道長を関白にするべく、一条天皇の夜の御殿へ乗り込んだ時のような勢いはもはやどこにもない。それまでは、伊周と隆家を嫌うあまり、定子のことも疎ましく思っている節があったのだが、彼女が思いがけず出家を果たし、すまないという気持ちになったものか。

また、なぜか道長に対しても、どこか遠慮した口の利き方をするようになった。

「もちろん、姫宮は参内なさるべきでしょう。母宮がそれに付き添われるのも道理

ですので、女院さまのお考えとして主上にお伝えいただければ」

「その、中宮のことなのだけれど、主上はしばらく宮中に留め置きたいというご意向で」

詮子は道長から目をそらし、言いにくそうな口ぶりで告げた。

「留め置く？　それは、かつてのように登花殿《とうかでん》でお暮らしになるということですか」

「いえ、さすがにそれは。中宮が髪を下ろしたことは、世間に知られていますし」

詮子の言い分は、世間に知られてさえいなければ、出家したことを隠して、もう一度後宮に戻してもよいと言っているかのように聞こえた。

だが、それは違うだろう。出家した尼が後宮に戻って寵愛を受ける、などという話は聞いた例《ためし》もない。

道長はすぐさま反対の意を唱えようとしたが、何かがそれを思いとどまらせた。念のため、明確な返答を避け、この日は引き下がることにする。

その後、土御門殿の曹司で打臥の巫女に相談した。近頃の打臥は、道長の曹司に入り浸っている。

「中宮参内には見て見ぬふりをなさい」

道長の話を聞いた打臥は、すぐにそう告げた。

「しかし……」

反駁《はんばく》しようとする道長の言葉を遮り、「よろしいですか、若君」と子供に教え諭すような口ぶりで、打臥は続ける。

「中宮を内裏に留め置くのが間違っていることくらい、姉君とて十分、分かっています。それでも、息子のために、そうしてやりたいわけです。中宮を出家させるほど追い詰めた責めも感じているのでしょうが」

「まあ、そうだろうな」

道長自身、それは察していた。

「姉君が最も嫌がるのは、若君から道理を説かれることですよ」

「………………」

「いいですか。中宮は皇女を産んだ。今のところ、帝の御子を産んだただ一人の女人です。孫を産んでくれた女をいつまでも疎んじているわけにはいかない。姉君の心が中宮に傾いている今、中宮を追い詰めるのは得策ではありません。もとより、帝の心は中宮に傾いていることですし」

「では、私にこの事態を黙って見ていよと言うのか」

「その通りです。帝や姉君のやりたいようにやらせなさい。お二方は若君に後ろめたい気持ちを抱えながら、中宮を庇《かば》おうとするでしょう。しかし、世間はそれを黙っちゃいません。若君が何もしなくても、帝も中宮も姉君も世間から叩かれる羽目になりますよ」

「まあ、確かに、小野宮大納言などは黙っているまいが」

「その時はそれとなく中宮を庇って差し上げるのですね。やりすぎてはいけませんが。そうしておけば、必ず大きな利がもたらされます」

「小野宮大納言の厳しい非難より他に、何がもたらされると言うのかね」

「帝と姉君に恩が売れるのです。いずれ、若君の娘を入内させてくれと、あちらから願い出てくるでしょう。后にもしてくれるはずです」

「ふむ。今の中宮がいる以上、私の娘が后になれる見込みは低いのだが……」

「そこを、帝と姉君が何とかしてくれるのですよ。若君が強引にやってやれないこともないでしょうが、お嫌でしょう？　あのうるさい実資からあれこれ言われるのは――」

　打臥はにやりと笑ってみせた。

「確かにな。いい気はしない」

道長も笑い返す。不思議と気持ちが楽になっていた。

「では、その策でいきましょう。『先見の記』に『策を用いず』と書いておきなさい」

「そうしよう」

道長は素直な心持ちで返事をした。

二

その年の六月、中宮定子はひそかに参内を果たした。後宮へ入れるわけにはいかないので、中宮職の役人たちが使う職の御曹司《みぞうし》へ入り、一条天皇がこれまたひそかにそちらへ通っているという。

それから一年半ほどが過ぎた、長徳五（九九九）年の正月のこと。

藤原公任は従三位に昇進、ようやく公卿の列に連なることができた。

（長かった……。実に長かった）

それが、正直な感慨である。

内裏の清涼殿で、円融天皇出御《しゆつぎよ》のもと、元服したのは十五歳の時。祖父実頼《さねより》、父頼忠と続いた小野宮流は当時、藤原氏の嫡流と見なされていた。関白の嫡子であるがゆえ、天皇に見守られての栄誉ある元服も叶ったのである。

殿上人の最下位である従五位下ではなく、その二段階上となる正五位下に叙された。その後、五年で正四位下となり、順調な昇進であった。そのままいけば、藤原氏嫡流の跡継ぎとして、関白にも氏長者にもなっていたはずだ。

（姉上が円融の帝の御子を産んでくださりさえすれば……）

いや、それはもう言うまい。

運と力を備えていれば、どんな状況であっても、思う通りの人生を送れたことだろう。そうならなかったのは、自分にそれらがなかったからだ。力がなかったとは思いたくない。乏しかったのはひとえに運に尽きる。

若い頃、道長らの父兼家が口にした「うちの息子たちは公任の影さえ踏めない」という言葉は、公任自身も伝え聞いていた。道長がその時、公任の面を踏むと言った、という話も。

かつて道長にはるかに勝《まさ》っていたという自負は、今も胸にある。擦り切れた自負ではあるが、消え去ったわけではない。

それにしても、正四位下に留め置かれたこと、実に十四年。いくら何でもひどすぎる。

だからこそ、従三位になれた喜びはひとしおだった。

もし十代の頃のように順調に出世していたなら、従三位など大したことないと思ってしまったかもしれない。おそらく、中関白家《なかのかんぱく》（道隆一家）の藤原伊周がそうであったように。

その点、道長は伊周に抜かれるという屈辱を知っており、苦労知らずの凡人ではない。

正直なところ、好ましく思える男ではなかったが、公卿に引き上げてくれたことには感謝している。兼家も道隆もしてくれなかったことを、あの道長がしてくれたのだから。

完全に屈しようとは思わぬものの、以後の公任はなるべく道長の意に沿うべく振る舞うようになった。

この年の秋、嵯峨へ紅葉を見に行く道長に付き添ったのも、それゆえである。同じ小野宮流の大納言実資も誘われたのだが、物忌みを理由に断っていた。

ただ、何事につけ、道長に関する話を聞きたがるこの従兄のため、公任は二日後、大炊御門《おおいみかど》にある実資の邸を訪ねた。かつて小野宮惟喬《これたか》親王の所有であったことから、小野宮邸と呼ばれる豪邸である。

公任や実資の祖父に当たる実頼がこの邸を受け継いだため、その子孫は小野宮流と呼ばれるようになった。その本邸と言うべきこの邸も、本来ならば嫡流となった父頼忠に譲られるべきであろうに、なぜか祖父の養子となった実資が相続した。とはいえ、遠い昔の話であり、今さら何を思うわけではない。

公任は車寄せに着けた牛車を降りると、実資の待ち受ける母屋へと向かった。

「嵯峨では、また名歌を詠まれたそうだな」

実資は挨拶が済むなり、そう切り出した。どうやら公任より先に、一昨日の紅葉狩りについて実資に話を聞かせた者がいたらしい。

　　滝の音は　絶えて久しく　なりぬれど　名こそ流れて　なほ聞こえけれ

公任が大覚寺《だいかくじ》で詠んだ歌も、実資は正確に口ずさんだ。

「これは、あえて『な』の音を重ねているのが面白い。また、滝は涸れているにもかかわらず、あえて『音を聞く』と言うのも洒落《しゃれ》ている」

もったいぶった様子で和歌の批評をした後、

「また、歌詠みとしての名を上げられたことでけっこう」

と、公任を褒め称えた。

「ありがとうございます」

「貴殿は、大堰川《おおいがわ》逍遙の際にも名歌を詠んだな。あれは円融の帝が位を降りて間もない頃だったか」

「三舟の競いのことでございますね。あれは、漢詩の舟に乗ればよかったと悔やんだものですが」

円融上皇が大堰川で舟遊びをした時のことだ。漢詩の舟、和歌の舟、管絃の舟が用意され、それぞれ得意とする舟に乗って、才を競い合った。この時、公任は和歌の舟を選び、歌を詠んだ。

朝まだき　嵐の山の　寒ければ　紅葉の錦　着ぬ人ぞなき

今度は、実資に言われる前に、自分で口ずさんだ。

「さようさよう。嵐山の紅葉の景色を、人の着る絹織物にたとえたところは、さすがに見事だったな。在原業平《ありわらのなりひら》公が詠んだとされる屏風歌『ちはやぶる神代も聞かず龍田川からくれなゐに水くくるとは』を思わせる」

実資からの批評はただ素直に嬉しかったが、これとて昔のことだ。あの頃はまだ父が摂関であったから、自分も何とかしてその座に就きたいものと、欲を捨てられないでいた。

「ところで、一昨日は左大臣（道長）と同車なさったのであろう。その折、姫君の話などなさっていたか」

ややあってから、実資はこれこそが訊きたかったのだというような鋭い眼差しで訊いてきた。

「それは、姫君の入内に関わる話、ということでございますね」

公任は慎重に訊き返した。何食わぬ様子を保ちつつも、少し声が掠れてしまう。

嵯峨遊覧の面白い話は人づてにでも聞けるだろうが、道長の本性や本音に迫る話となると、腹を割って語り合える者同士でなければ交わせない。

「さよう。入内の支度を進めていると、専《もっぱ》らの噂ではないか。頭の切れる女房を土御門殿に囲い込んでいるとも聞いている」

公任はおもむろにうなずいた。

「一昨日は、姫君に関するお話はいっさいありませんでした。ただ、女房を集めているという話はございましたな。左大臣ではない誰かが持ち出した雑談だったと思いますが、左大臣も否とはおっしゃいませんでした。赤染衛門《あかぞめえもん》殿はすでに姫の母君（倫子）にお仕えしていますが、和泉式部《いずみしきぶ》殿や清少納言《せいしょうなごん》殿にも声をかけられたとか」

「清少納言は中宮の女房であろう」

実資が首をかしげる。まったくその通りだ。中宮定子の御所に咲く「物言う花」を、強引に己の娘の庭に植え替えるつもりか。清少納言の中宮を思う気持ちの深さを考えれば、情け容赦ないことである。

「ええ、清少納言殿からは断られたとか。長徳二（九九六）年のいざこざの辺りは、中宮のそばを下がっていたようですが、また出仕したようです。中宮はただ今、ご懐妊中ですし」

「ああ。まったく耳が汚れる話だ」

実資はあからさまに眉をひそめた。

「そのことはお口にされては……」

「ここは私の邸だ。それに貴殿だから言うのだ」

実資が叩きつけるように言うのも無理はない。

中宮定子は兄弟の伊周と隆家が左遷された際、出家したのである。にもかかわらず、一条天皇は中宮を内裏へ入れ、寵愛して懐妊させた。

　出家のことさえなければ、これ以上はないほど喜ばしい后の懐妊である。だが、今度ばかりは帝と中関白家の人々しか喜んでいないだろう。仮に皇子が生まれたとしても、どれだけの人が素直に祝うだろうか。

「大体、帝が中宮を内裏に留めると言い出した時、左大臣が止めなければならなかったのだ。何のための外叔父なのか。外戚の務めが果たせないならば、内覧の任もお返しするがよかろう」

　実資は余所では決して口にできぬことを言い出した。

　もっとも、言っていることは正論である。確かに、道長が一条天皇に諫言《かんげん》すべきだったと、公任も考えていた。他の公卿らは天皇の勅勘《ちょっかん》を恐れて口にできぬことも、外戚ならば言えるはずだ。だからこそ、本人の資質や生まれた順位にかかわらず、後ろ盾のしっかりした皇子が代々皇位を継承する仕組みになっているのだから。

「なぜ、左大臣はこの件に限って、見て見ぬふりをなさったのでしょう。帥殿《そちどの》（伊周）たちの罪を問う際には、容赦のないご様子でしたのに」

「左大臣も帝の恨みを買いたくないのだろう。息女の入内をごねられたら、元も子もないからな。あの方も豪胆に見えて臆病なところがある。はてさて、この世はどうなってしまうのか」

　実資は大袈裟な溜息を漏らした。

「そうでしょうか」

　公任は思わず呟いた。

「何とおっしゃったかな」

　我に返ると、実資がじろりと鋭い目を向けてきていた。この従兄相手に抗弁すると、必ず長い議論に持ち込まれる。実資の言うことはたいてい正しかったし、なるべく逆らわないようにしてきたのだが、今の発言に対してだけはやはり納得がいかなかった。

「私は左大臣を臆病者とはまったく思いません。むしろ、あの方は怖い方です」

「左大臣が怖い……?」

　実資の目が訝しげに細められた。

「貴殿の今の言葉を聞けば、亡き祖父君や父君は何と思われるであろう。小野宮流がこのまま先細っていくのをよしとされるおつもりか」

「そうは思いませぬが、下手をすれば我々とて中関白家の二の舞になるでしょう。

私が怖いのは、左大臣の眼力の鋭さです。相手の隙を決して見逃さず、絶好の機をとらえて息の根を止める。そして、自らが権力を握った後も、決して道を踏み外さない慎重さもお持ちだ。これは案外に難しいものだと、私は実感しています……」

権力は人を酔わせる。自分などは、父が関白、姉が中宮になっただけで、世の頂《いただき》に手が届くと思い上がってしまった。そして、今の東三条院（詮子）に暴言を吐き、九条流の恨みを買った。

口に出して言われたことはないが、おそらく道長はあの時のことを決して忘れていないだろう。それを思うと、公任は身に震えが走るような恐怖を覚える。

「私は時折、思うのです。左大臣には何かが憑いているのではないか、と――」

笑われてしまいそうな妄想であったが、実資は笑わなかった。

「ふうむ。そういえば、東三条殿（兼家）は打臥の巫女とやらをそばに置いていたな」

「私も聞いたことがあります。神を降ろして予知を行い、東三条殿はその言いなりであったとか」

もしや道長はその巫女を父親からもらい受けたのだろうかと思ったが、

「いや。その巫女は、法興院の物の怪に敗れて死んだと聞いているぞ」

と、実資は言った。確かに、兼家の隠居後の住まいである法興院には怪異の噂がいくつもあった。巫女の齢のほどは知らないが、兼家と同年輩ならもうこの世の人ではないのだろう。

「なに、左大臣に憑いているのは他でもない、運であろうよ」

実資は事もなげに言い出した。

「それも、悪運といった類《たぐい》のな」

自信満々に言われると、確かにそうかもしれないと思えてくるが、少し違うような気もする。

「左大臣の運が強いことはおっしゃる通りだと思いますが、ただそれだけでもないような……」

いったん口を閉ざして、少し頭の中を整理してから、公任は再び口を開いた。

「運とは、誰しも順にめぐってくるものではないかと、私は考えております。では、なぜ運の強い人とそうでない人がいるのかといえば、多くの人は運が自分にめぐってきた時を見過ごしてしまうからでしょう。また、一部の人はそれに気づいて運をつかむも、その途端、思い上がってあらぬ失態を犯してしまう。人の恨みを買ったり、世間の非難を浴びたりして、結局は足をすくわれるというわけです」

最後は過去の過ちも踏まえて、公任は語った。実資にはその意図がしっかりと伝わったようだ。

「確かに、貴殿ほど賢い男とて失態を犯した。正しくは失言を発したと言うべきだろうが。まして、愚かな九条流の東三条殿や中関白殿、帥殿などは見苦しいまでの失態を犯して、歴史に恥をさらしている」

兼家は東三条殿の一部を清涼殿に似せて造作し、道隆は父親の喪中に娘を強引に立后させ、伊周と隆家は花山法皇に矢を射かけた。いずれも権力に驕《おご》って働いた悪行と言えるものだし、だからこそその権力はいずれも長く続かなかった。

だが、道長は彼らの二の舞にはならない。なぜか、そういう気がする。その妙な直感が、道長を恐ろしい男だと思わせる。

「まあ、宿敵が勝手に倒れていったことが、左大臣の悪運の強さであろう。しかし、貴殿がそれを恐れることはあるまい。貴殿の言葉に従えば、運とは順にめぐってくるもの。ならば、運の尽きる時も順にめぐるのであろう。左大臣の運が尽きる時も、貴殿に運がめぐる時も必ずやってくる」

実資は力のこもった声で言う。その言い分は間違っていない。

確かに、長い間――実に十四年もの間、留め置かれていた自分の官位も、今年上がった。運がめぐってきたことを見過ごすほどの愚か者ではない。

かつての失態をくり返さぬためには、身のほどを弁えることが必要なのだ。若き日の自分に欠けていたものがそれだと、今は分かっていた。

だが、自分の運はそうしてめぐるとしても、道長の運が尽きる姿は想像できない。それが、道長には何かが憑いているという妄想を呼び起こさせるのだが、人に分かってもらうのは難しいだろう。

実資は道長を恐れておらず、己の信じるところを進む強さもある。過ちを見て見ぬふりはしないし、他人を非難する豪胆さも、無茶をしない聡明さも備えている。ならば、信じる道を行けばいい。自分は自分で我が道を見出す。

「ああ、そうそう。話が大きくそれましたが、左大臣は藤原為時《ためとき》にも娘を出仕させるよう促したとか。前越前守《さきのえちぜんのかみ》ですが、ご存じですか」

公任はふと思い出したふうを繕って、話を変えた。

「漢学者であったな。確か、数年前、左大臣の口利きで越前守になったのであろう」

「はい。下国《げこく》の淡路守《あわじのかみ》になったのを嘆いて作った漢詩が、主上と左大臣のお心を動かしたとかで配置換えに。その時の恩があるから、為時は断れまいと左大臣は言っておられましたね。娘はたいそうな才女だそうで。ただ、娘は夫を迎えたばかりで、子を産んだとか、これから産むのだとか、そんな噂を口にする者がいました。左大臣はそれならば出仕は難しいだろうかと、お顔を曇らせていましたが……」

「さようか。しかし、左大臣がそれほど望むのであれば、たいそうな才女なのだろうな」

道長の熱心さを聞き、実資も少し興味を持ったようであった。

「何でも、物語を書く才があるとかで。まだあまり人には見せていないようですが」

「ほう。ならば、和泉式部や赤染衛門と並び立つ女房になるかもしれぬぞ」

それが実現すれば、道長の娘のもとに才女が勢ぞろいすることになる。中宮定子のもとに清少納言が残ったとはいえ、ずいぶん人も減ったというから、華やかさではかなり見劣りしてしまうだろう。

娘を入内させた時、決して中宮に見劣りせぬように――との道長の意気込みが感じられる。そんなことを言い合い、あとはこれということもない雑談を交わして、公任は実資の小野宮邸を辞した。

すでに夕暮れ近くになっており、簀子に立つと、影が長く庭にまで伸びていた。

――いずれ公任の面を踏んでやる。

そう言ったという道長の言葉を思い出し、公任は暗い気持ちに駆られた。

三

公任のもとへ道長からの使者がやって来たのは、それから半月ほどが過ぎた十月初めのことであった。土御門殿に来てほしいという。

今すぐに来いと呼びつけるのは、公卿に対していくら何でも無礼であった。自分は道長に仕える侍ではない――と、言い返してやりたいところだが、それはできない。

かつてであれば、自分の都合や気分で断ることもできただろう。そう、花山天皇の御世の頃、道長たち九条流の三兄弟が肝試しをさせられたあの頃であれば――。誰が突出するわけでもなく、皆、同じように若い公家の子弟に過ぎなかったあの頃。

だが、今となってはもう、自分には道長からの誘いを断る力などない。何を差し置いても出向かなければならない立場であった。

「すぐに支度を調え、伺いましょう」

公任は使者を先に帰し、自らも急いで支度すると、土御門殿へと出向いた。

「ご足労かたじけない」

口先だけは丁重な物言いで出迎えた道長は、話は庭先でしようと言い出した。

ちょうど申《さる》の刻（午後三時から五時頃）になろうかという頃、夕方になれば風も冷たいが、今ならばまだ心地よく散策もできよう。誘われるまま、公任は土御門殿の庭を道長と二人で歩き出した。

さすがに手入れが行き届いて美しい。

半月前に見た嵯峨の紅葉も見事だったが、土御門殿の庭を彩る紅葉も悪くなかった。地面に散ったもみじ葉さえ、考え抜かれた末に最も映える位置に落ちているようだ。もみじ葉がおのずから好ましい場所に落ちたとは思えないから、庭師がよほど気をつかっているのだろう。

「今日は大事なお願いがあって、お呼び立てした」

と、道長は歩きながら切り出した。

願いの筋があるのなら、そちらから我が邸へ出向いてくるのが道理であろうと、心が不満の声を上げるが、もちろん口に出すことはしないし、顔に出してもいけない。身のほどを弁えろ――と、別の声が言う。

「本来ならば、こちらからお伺いしなければならぬところだが」

先を進む道長は公任の表情を見てもいないのに、まるでこちらの心を見透かしたようなことを口にした。

「いいえ、左大臣殿のお呼びであれば、万難を排して参りますゆえ、お気になさいませんよう」

公任は目を伏せて答える。

「そう言ってくださると、心強い。これからお願いすることを断られるのではないかと不安でしたが、力づけていただいた心地がします」

道長は軽く振り返りながら、穏やかな声で言った。歩みを止めることはなく、かなりゆっくりとした足運びであったが、前に進んでいる。

公任も歩幅を合わせて、歩み続けた。

しかし、これからどんな難題を持ちかけられるのかと思うと、何やら身構えてしまう。

その願いの筋とやらをすぐ口にするのかと思いきや、それからもしばらくの間、道長は雑談を続けた。この紅葉は義父の源雅信が生まれる前からあったそうだ、とか、こちらの銀杏《いちょう》は自分が郊外へ出かけた時に見つけたのを植え替えさせたものだ、とか、庭木の由来やその自慢話であったが、公任は適当に相槌を打ちつつ、聞き流した。正直なところ、緊張のあまり、道長の話も土御門殿の美しい庭もほとんど耳目に入ってこない。

ややあって、道長が足を止めた。気づいて公任も足を止めたが、一瞬遅れたため、道長との間が一歩分縮まっていた。そうは言っても、さほど近づきすぎているわけではないので、そのまま止まっていたら、道長が再び動き出す。公任も再び歩み出そうとしたが、

「あ、いや。貴殿はそのまま」

と言われ、公任は足を止めた。

道長は一歩先へ進むと、振り返り、満足そうに微笑する。いったい何がしたいのか、よく分からぬまま、公任は道長の顔を見つめた。

「実は、この家の娘が人に見せられるほどの齢になりましたので、主上にお仕えさせようかと思い立ちました」

と、道長は告げた。

やはり、娘の入内にまつわる話かと、公任は納得し、目を伏せる。

（何が思い立った、だ。生まれた時から心に期していたのだろうが……）

などと不遜な考えが浮かびはしたが、口にしたのは別の言葉であった。

「それはけっこうなお話でございます。後宮に、しっかりとした後見《うしろみ》を持つ后妃がいるのは望ましいことか、と」

「心強いお言葉、かたじけない」

和やかな物言いだが、なぜか公任は胸が冷えた。目を伏せているので見えはしないが、道長が冷笑を浮かべているような気がしたのだ。

「その娘に屛風を持たせてやりたいと、ただ今、支度を進めているところ。能書家の右大弁《うだいべん》が書いてくれることになりましたのでな」

右大弁とは道長に阿《おもね》る連中の一人で、名を藤原行成《ゆきなり》といい、先日の嵯峨遊覧にも付き添っていた。書の腕前は当代随一で、人々に一目置かれている。行成が書いた屛風となれば、ゆくゆくは家の宝ともなりそうな品だ。一条天皇とて欲しがるかもしれない。それを入内する娘に持たせてやろうとは、粋な心遣いである。と思った時、

「ついては、屛風歌を貴殿に詠んでいただきたい」

と、道長の声が飛んできた。

屛風の話が出てきた時から、そんなところではないかと予想はしていたが、でき

ればそうでないことを願っていた。祝いの歌を一首詠むことくらい、別に大したことではない。

だが、入内を寿《ことほ》ぐ歌は、できるならば自分の娘、せめて小野宮流の姫が入内する時に詠んで献上したかった。他家の姫のためにそれをするのは、胸がふさぐ。亡き父や祖父がどう思うかと想像すると、目の前が暗くなる。故人ばかりでない。華々しく入内して中宮となりながら御子に恵まれなかった姉の遵子や、あの実資が何と思うだろうか。

引き受けるべきだと冷静に判断する頭脳は持ち合わせていた。ここで恩を売れば、さらなる昇進が期待できる。断れば、十四年目にしてようやく従三位となれたこの身がまたしても停滞しかねないだろう。いや、停滞だけならばよい。もしかしたら、従三位のまま一生を終えることになりかねないのだ。

関白の息子であり、天皇の御前で元服したこの自分が、従三位ごときで終わろうとは――。

公任はなかなか返事ができなかった。自負と打算がせめぎ合う。引き受けるにしても嬉々として受けることはない、少しは勿体《もったい》つけてやるべきだ、などという余計な声まで聞こえてくる。

時を置けば置くほど、道長を不快にするだけだと分かってはいたが、公任は返事を引き延ばした。

道長はあえて返事を促しはしなかった。ただ、一回身じろぎした。いや、衣擦れの音がしたのでそう思ったが、沓《くつ》で地面をぐいと踏みつけたのだ。

なぜそんなことをするのだろう。足もとの地面の具合がよくないのだろうか。

そう思いながら、公任は道長の足もとに目をやった。

息を呑んだ。そういうことだったのか。

地面に伸びた公任の影の、ちょうど頭の部分が道長の足もとにあった。

(左大臣が私の顔を踏んでいる)

道長が先ほど位置をずらしたのも、ただこの絵面を自分に見せたいがためだったのだ。今日、土御門殿に呼び出したのも、わざわざ庭で屛風歌の依頼をしたのも、すべて――。

「……かしこまりました」

公任は屈した。

「姫君の御ため、歌を献上させていただきます」

うなだれたまま返事をする。

「これはかたじけない。御恩は決して忘れませんぞ」

道長の声はたいそう上機嫌だった。だが、公任は恐ろしさのあまり、しばらくの間、顔を上げることができないでいた。


公任は邸の中へは入らず、そのまま帰ると言い、道長は庭に残った。

しばらくすると、いずこからともなく打臥の巫女が現れた。

「いやはや、最後はてこずらせてくれましたが、うまくいって何よりです」

近くの木陰で様子でもうかがっていたのか、打臥は開口一番そう言った。

「まったくだ。しかし、深手を負わせることなく屈服させられてよかった。今年の春、公任の官位を上げておいたのが功を奏したな」

「才ある男を追い詰めると厄介ですからね。若君を倒すため、力を発揮されては敵いません」

「心を折っては、甘い汁を吸わせ、手間がかかったものだ」

道長は声を立てて笑った。打臥も笑いながら、

「今の若君のお顔を見せてやりたいです。池が近くにないのが残念ですよ」

と、言った。

「ほう。今の私はどんな顔をしていると言うのかね」

「意地悪そうなお顔ですよ。ま、それが若君の本性なんでしょうが」

「ふむ。返事に困る物言いだな」

「わたくしは嫌いではありませんよ、そのお顔」

にやにやしながら打臥は言う。

「それにしても、公任の情けない姿ときたら笑えましたね」

ふと打臥が言い出し、道長はまた笑ってしまった。

確かにあの姿は見ものだった。

「かつて下に見ていた若君の影を、もはや自分は踏むこともできぬと、公任もようやく分かったのでしょう」

「まったく、姉上にもお見せしたかった」

あの日の口惜しさも、今日のことで拭い去れたと言ってもらえるのではないか。自分がそれを成し遂げたのだと思うと誇らしい。

「あの手の秀才は一度、相手を上と認めるや、牙を抜かれた犬も同じですよ。まさに若君の犬ですね」

打臥はそう言ってさわやかな笑い声を立てた。

「我が飼い犬か、それはいい」

そう見なせば、公任もかわいい男と思える。

それからひと月も経たぬ十月終わり、公任は歌を持参してきた。

屏風絵は藤原氏にちなみ、藤の花が美しく咲き綻《ほころ》ぶ景色が描かれたものである。

紫の　雲とぞ見ゆる　藤の花　いかなる宿の　しるしなるらむ

――紫の雲のように見える藤の花は、この家のどんな吉兆なのだろうか。

娘を藤の花にたとえ、紫の雲という瑞兆《ずいちょう》を詠み、道長の運の強さを称えた歌。その出来栄えは文句のつけようもない見事なものであった。

ただし、この時、道長がどれだけ頼もうとも、歌を寄せない者がいた。公任の従兄でもある、小野宮流の藤原実資だ。

「臣下の求めに応じて、屏風歌を献じるなど、いまだかつて聞いたこともない」

そう言ったという話を、道長は人づてに聞いた。

(なるほど、この私を臣下と見くびるわけか)

実資の言葉は絶対に忘れまいと、この時、道長は心に刻んだ。

六章　新たなる敵

一

成人を祝って裳を着ける「裳着《もぎ》」と呼ばれる儀。待ち望んだ長女の裳着に際し、道長はその名を彰子《あきこ》と定めた。

それから間もない十一月七日、彰子は女御の宣旨を受ける。同じ日、中宮定子は一条天皇の第一皇子、敦康《あつやす》親王を産んだ。

そして入内した翌年、彰子は中宮に冊立され、それまで中宮だった定子は皇后《こうごう》に移った。

これは、一条天皇の側近、というより道長の側近と言ってもいい藤原行成がうまくやってくれた。

本来、天皇に正妻、すなわち后は一人であり、中宮と呼ばれる。昔は皇后と呼ばれており、つい先頃まで中宮と皇后は同一であった。

また、律令における「三后《さんこう》」とは、太皇太后《たいこうたいごう》、皇太后、皇后（中宮）を指す。原則としては、中宮が皇太后となり、やがて太皇太后となるが、中宮を経ずに皇太后に任じられる例もある。

道長の姉の詮子などがそれで、円融天皇の中宮にはなれなかったが、一条天皇の生母として立后した。一度后になると、名称が変わることはあっても、死去するか女院となるまで后であり続ける。

つまり、三后が埋まってしまうと、立后させたくともできないという事態が生まれてしまい、道隆が娘の定子を立后させようとした時が、まさにそれであった。

中宮の座は先々代の后である遵子《まさこ》――あの公任の姉が占めており、皇太后は詮子、太皇太后は三代前の后である昌子内親王が占めていたのである。

道隆は何としても定子を立后させるべく、遵子を「皇后」と呼ばせ、定子を「中宮」と呼ばせることで、「三后」から「四后」に改編した。

これも道隆の横暴だというので、世間の非難を浴びたのだが、行成はこれを利用して、一条天皇に奏請したのである。

「すでに皇后と中宮、二后並立の先例はございます。また、今の中宮は出家の身ゆえ祭祀が行えません。しかるべき方を立后させ、祭祀を行えるようにするのがよいでしょう」

遵子と定子が並立した際は、同じ天皇を夫としてはいないので、一代の天皇に正妻が二人というわけではなかったのだが、そこには目をつぶって彰子の立后を強行したのであった。

その結果、二人の后が並び立つことになったのだが、この状態は長くは続かなかった。それから一年も経たぬうちに、定子が第三子を出産の際、崩御してしまったためである。この時点で、ただ一人の皇子である敦康親王を、天皇と道長は彰子に預け、その養育を任せることにした。万一、彰子に皇子が生まれない場合、敦康を後継者とし、彰子が国母となる道を残しておくためだ。

一方、一条天皇のただ一人の后となった彰子のもとには、有能な女房が集まっていた。

赤染衛門、和泉式部、そして漢学者藤原為時の娘などである。藤式部《とうのしきぶ》と呼ばれるようになった為時の娘は『源氏物語《げんじものがたり》』の書き手として世に知られ始めていたが、それまで宮仕えに出たことがないとかで、道長が再三申し入れても出仕を渋っていた。最後には、かつて為時を大国の越前守に推してやった恩をちらつかせ、為時から説得してもらってようやく引っ張り出したのである。

この上は、我が娘のため、大いに役に立ってもらうとしよう。そのためには道長自身、藤式部への力添えを惜しむつもりはなかった。まずは、『源氏物語』を広く世間に知らしめるべく、その写本を作るための文房四宝《ぶんぼうしほう》（筆・墨・硯《すずり》・紙）も人材も豊富に用意させた。『源氏物語』の評判が高まれば、それだけ彰子の評判も高まることになる。

ただし、道長が彰子に何よりも望んでいるのは、皇子の誕生だ。

そのためにできる手はすべて打った。それが叶わなかった場合の手も講じている。

（あとは天運に任せるのみ）

そうして、待つことに耐える日々が流れた。その間に、常に道長の味方であり続けてくれた姉の東三条院詮子が崩御。母を同じくする兄姉たちは皆、泉下《せんか》の人となった。

外孫の誕生を見ることができるか否か。そして、その即位を見届け、自らが摂関となることができるか否か。

権力だけでは成らず、運だけでも成らぬ。寿命の長さもまた事の正否を分ける要だ。

そして、天は道長に味方をした。

入内から九年後の寛弘《かんこう》五（一〇〇八）年、彰子は一条天皇の皇子を出産したのである。

十一月一日、生まれた皇子の五十日《いか》を祝う宴が、道長の土御門殿で行われた。主だった公卿や殿上人たちは皆、やって来た。

藤原公任も実資もいる。長徳二（九九六）年、花山法皇へ矢を射かけた罪により都を追われた甥の隆家もいる。

若宮に御膳を差し上げるなどの儀式が滞りなく行われた後は、無礼講の席となった。隆家は人目もはばからず女房の袖を引いているし、公任は酔った挙句、女房たちが身を潜める几張のそばで、

「この辺りに若紫《わかむらさき》はいるかね」

などと、声をかけていた。

なるほど、これは公任らしい気の利いた戯《たわむ》れだ。若紫とは藤式部の書いた『源氏物語』に登場する女君のことであり、公任は「私はそなたの書いたものを読んでい

る」と公言したわけである。

藤式部がどう返事をするかと道長も耳を澄ませたが、返事はなかった。あの女は公任を無視すると決めたらしい。これは愉快なところであったが、藤式部の主人としては公任にも花を持たせてやらずばなるまい。

「おやおや、藤は自分の色が紫だと分かっていないようだ。ならば、これからは若紫にゆかりの人を、紫と呼ぶことにしようではないか」

道長が声を張って言うと、周りの男たちが「おお」と声を上げた。それはよいと皆が言い、女に無視された公任も微苦笑を浮かべている。これで、藤式部はこれから紫式部《むらさきしきぶ》と呼ばれることになるだろう。


「あまり調子に乗らないことですよ」

酔いを醒ますため、人気《ひとけ》のない庭に出た時、どこからともなく現れた打臥の巫女が言った。土御門殿の女房なのだからいても不思議はないのだが、道長以外の者に会うのを好まぬ彼女にしてはめずらしい。

「今宵くらいかまうまい。何といっても、若宮の五十日の宴なのだぞ」

「有頂天になるのは分かりますけれどね」

「有頂天とはまさによく言った。私こそ、天の頂に届いたただ一人の男だと思わぬか」

「どれだけ酔っておられるのです。その調子で北の方（倫子）を怒らせたのを、もう忘れたのですか」

どうやら、あのやり取りを打臥も見ていたようだ。

「あれは怒ったのではない。照れていたのだ」

道長は言い張った。

それは、先ほど宴の席がだいぶ乱れてきた時のこと――。

藤式部ならぬ紫式部がどこかへ隠れようとしていたので、道長は捕らえて歌を詠めと命じた。

いかにいかが　かぞへやるべき　八千歳《やちとせ》の　あまり久しき　君が御代《みよ》をば

どうやって数えたらよいのでしょうか、幾千年も長きにわたる若宮の御代を――

さすがに『源氏物語』を書くだけあって、即座に見事な歌を詠む。これに対し、道長も歌を返した。

あしたづの　齢《よはひ》しあらば　君が代の　千歳の数も　かぞへとりてむ

長生きする鶴の寿命があったなら、若宮の御代の千年の数も数えられるだろう――という。我ながらうまく詠んだものだと思った。だから、その場にいた彰子にもそう言った。

続けて、

――私は中宮さまの父親として悪くないですよ。中宮さまも私の娘として悪くない。ほら、そこにいる中宮さまの母君とて、よい夫を持って幸いだったと、微笑んでおられるではないですか。

と、言ったのだ。そうしたら、倫子は返事もせずにその場から去ってしまった。

「照れたとは都合のよい言い草ですね。聞いていられないと思ったのですよ」

「だが、中宮さまは私を咎めなかったぞ。あの時、私が倫子を追いかけ、中宮さまの御帳台《みちようだい》の中を通ったにもかかわらずだ」

「酔っぱらった父親に何を言っても無駄だと思ったのでしょうよ。しかし、あの時、中宮に聞かせた言葉はなかなか気が利いていました。『親があればこそ子も立派でいられるのです』とはね。親を亡くした伊周や定子、敦康親王への当てつけですか」

打臥はうっすら笑っている。

「私はそこまで意地の悪いことを言った覚えはない」

「まあ、あの場にいた女房たちは皆、若君が軽口を叩いたのだと思って笑っていましたからね。若君の深意に気づいた者はいなかったでしょうよ。いや、紫式部はどうかな。それに、実資めも分かりませんよ」

「小野宮大納言（実資）もいたか。後で何を言われるか分からぬな」

「油断大敵です。あの男ときたら、女房たちの袖口に目を光らせていましたからね。贅《ぜい》が過ぎると難癖をつけるつもりじゃないでしょうか」

袖口を見ていたとは、重ね着している着物の数を数えていたということだ。十二単《ひとえ》とはいっても、五枚から六枚が理想で、それ以上は行き過ぎだと言いたいのだろう。

「あの男のやりそうなことだ」

溜息を吐くと、己の息が白く見えた。急に寒さが身にしみてくる。今日から十一月なのだと、改めて思った。

空を見上げたが、朔日《ついたち》の夜空に月はない。そろそろ中へ入ろうかと思い、目を戻すと、打臥は消えていた。代わりに、別の女がいる。

「今、どなたかとお話ししていらっしゃいましたか」

女は首をかしげて問うてきた。知らぬ女ではない。先ほど歌を交わした紫式部だ。

一条天皇は才ある女人を好む。亡き皇后定子もそうだった。母親の高階貴子が漢文の読める才女と知られていたが、娘にもその才が受け継がれていたのだ。

彰子には漢文を身につけさせぬまま入内させてしまった。その彰子に手ほどきしているのが紫式部である。そのお蔭もあってか、彰子は帝の寵をこうむり、皇子を得ることが叶った。

「殿のお声と、少し低めの女人のお声が聞こえた気がするのですが……」

紫式部は探るような眼差しを道長に向けてきた。この女からこういう目を向けられるのは、悪くない。

「女などどこにいるものか。この寒い夜、外に出てくる物好きは私とそなたくらいであろうよ」

「まあ」

紫式部はあいまいな物言いをした。まんざらでもないふうにも見えるが、まったく興が乗らぬふうにも見える。

「そなたがここへ来たのは、私を追ってのことなのかね。まあ、若紫の君に興味を持ってもらえるとは、悪くないな」

先ほどの公任と同じことを言ってやったが、

「どこに若紫の君がいるのですか。若紫の君は深窓の姫君ですよ」

と、この時の紫式部は微笑みながら軽くかわした。

なかなか面倒な女だ。それにしても、公任はこの女に無視されたというのに、自分はこうして興味を持たれている。いい気分であった。

「やれやれ、光源氏でなければ、若紫の君から相手にしてもらえぬようだな」

色好みの光源氏のようにはいかぬが、女に一歩踏み出してみる。すると、紫式部は一歩後ろへ下がった。

「お戯れはおやめください」

と、冷えた声で言われたものの、

「それはともかく、殿には興味がございます。もちろん色恋の面ではなく」

と、紫式部はすぐに続けた。

「どういうことかね」

「殿には人に隠している何かがあるように見えるのです。殿の強いご運とお力、ひいてはお人柄そのものに関わるような、大きな秘め事が――」

打臥との会話をやはり聞かれていたのか。誰も近くにいないと思い込んでいたが、油断した。

瞬き一つしない紫式部の両眼が建物から漏れる明かりで、黒々と深い輝きを放って見えた。女がこういう目を向けてくるのは、たいてい男女の仲になる直前であった。そして、たいていその後、深い仲になった。

だが、この女だけは違うという気がした。何を考えているのかは読み切れないが、この女の自分に寄せる関心が、慕わしく想う男に寄せるものでないことだけは分かる。もっと冷静で、突き放したような眼差し。それでいて、逃げればどこまでも追ってきそうな――。

「私には、それほどたいそうな秘め事などはない」

道長はようやくそれだけ言った。紫式部はほんの少し笑ったようであった。

「もう中宮さまのおそばに戻るがよい。そなたの姿が見えねば、中宮さまがご心配になろう」

そう勧めると、素直に「はい」と言い、紫式部は離れていった。

一人になると、いっそう寒さがこたえてきた。すでにすっかり酔いは醒めている。それでも、すぐに戻る気にはなれなかった。


「いけすかない女」

いったい、今の今までどこに潜んでいたのか、打臥が現れ、吐き捨てるように呟いた。この女がこれほど憎々しげな物言いをするのは初めて聞く。

「若君」

と、打臥がいつになく真面目な面持ちで言い出した。

「あの女を中宮のそばから追い払いなさい」

「何を言うか。紫式部を出仕させるのに、私がどれだけ苦労したと思っている。あの女の父親に売った恩をちらつかせ、父親からも説得してもらい……」

道長の言葉は打臥によって遮られた。

「あの女は若君に災いをもたらしますよ」

「災い、だと……」

「巫女の言葉を疑うものではありません」

打臥はそう言うなり、踵を返して邸の方へ去ってしまった。

紫式部が災いをもたらす女だ、と⁉

しかし、今の彰子にとって、紫式部はなくてはならぬ女房のはずだ。紫式部がいなくなれば、後宮における彰子の輝きは色あせてしまうかもしれぬ。

どうすればよいのか。

これまで迷いが生じれば、その都度、打臥の巫女に尋ねてきた。打臥は道長にとって必ず正しい答えを与えてくれた。だが、この件に関してだけは、自分の望みと打臥の助言が一致しない。

道長は途方に暮れて空を見上げた。

月のない夜空に答えは見つからなかった。

二

一条天皇の第二皇子、敦成《あつひら》親王を出産後、彰子は翌年再び皇子、敦良《あつなが》親王を産んだ。

何もかもが望みの通り、望んだことで叶わぬことなどない——自分でもそのように思うことのあった彰子の人生が一変したのは、その二年後。

あまりにあっけなく、夫の一条天皇が崩御してしまったのである。

遺された皇子は、四歳と三歳。二人とも大人になる頃には、父親の顔も思い出せないかもしれない。

皇子を二人授かった頃、事がうまく運びすぎではないかという気持ちが生まれた。こんな幸いを何事もなく享受してよいはずがない、とでもいうような違和感。

どうしてそんなふうに思うのかは自分でも分からなかったが、一条天皇が病に倒れた時、その目にやっと楽になれるとでもいうような色が浮かんでいるのを見て、彰子は気づいた。帝はずっと亡き皇后定子に対して、申し訳ないという気持ちを抱きながら生きてきたのだ、と――。自分だけが幸いになることに、後ろめたさを感じて生きてきたのだ、と――。

彰子の産んだ二人の皇子たちを前に、満面の笑みを浮かべていても、帝には喜びに浸り切れない静かな悲しみがあった。そして、定子の遺した敦康親王や皇女たちを見る眼差しには、深い哀れみの色があった。

それを何となくでも察知していたから、自分もまた、この上もない幸いが長く続くはずがないと予感していたのかもしれない。

寛弘八（一〇一一）年春、病がちになっていた一条天皇は、譲位の望みを彰子に打ち明けた。その時、真剣な眼差しでさらに続けた。

「次の東宮には、一宮《いちのみや》（敦康）を立てたいと思うが、中宮の隠し隔てのない考えを聞かせてほしい」

敦康親王は定子が亡くなって以来、ずっと彰子のもとで育ってきた。引き受けた当時の彰子は十代半ば、母親の代わりが務まったわけではないが、それから何年も経ち、今や敦康に寄せる気持ちは母親が息子を思うものに他ならない。

敦康が聡明な皇子だということは、彰子にも分かっていた。だから、夫がその即位を願っているということも。

そして、彰子の産んだ皇子たちはまだ幼くて、その器量のほどをはかることはできなかった。

「一宮が東宮にふさわしいことは言うまでもありません。わたくしも及ばずながら、それにふさわしくお育てしてまいりました。立太子については主上のお心に従います」

彰子は本心からそう答えた。

無論、父の道長がそのことを不満に思うのは分かっている。一条天皇もそれを察しているから、ここで自分の望みを押し通すかどうか迷っているのだ。

どうすれば、一条天皇の憂いを取り除き、敦康の立太子を実現させられるだろう。自分では答えが見つけられなかったので、彰子は側近女房の紫式部に尋ねた。

「主上はとても聡明なお方ですから、ご自分だけのお考えで事を進めようとはなさらないはず。中宮さまのお考えをお訊きになったのもそうです。おそらくは公卿の方々にも諮問《しもん》なさるのではないでしょうか」

紫式部は落ち着いた声でそう答えた。

「でも、公卿の方々は一宮の立太子に反対なさるような気がするわ」

「どうしてそうお思いになるのですか」

紫式部から逆に問われ、彰子は考えをまとめながら言葉を返した。

「一宮が立太子しても得をしないからです。得をするのは、一宮の外戚の中関白家でしょうが、残念ながら帥殿（伊周）には廟堂を率いていくお力はないでしょう。それならば、父上に睨まれるよりは、一宮の立太子に反対して、父上の意を迎えようとするのではないかしら」

紫式部は、弟子の答えに満足する師匠のようにうなずいた。

「おっしゃる通りでございます。ですが、それをお分かりということは、一宮さまが立太子すれば、世の中が混乱するとお分かりでもあるということ。それなのに、どうして中宮さまは一宮さまの立太子をお望みになるのですか」

「主上がそれをお望みになるからです。わたくしが一宮の立太子を望む理由はただその一つだけで、他には何もありません」

彰子はきっぱりと告げた。

「世の中が混乱するとしてもですか」

「主上もそれを憂えておられます。ですから、その憂いが払拭《ふっしょく》されない限り、一宮を東宮とはなさらないでしょう。わたくしがそなたに訊きたいのはそこです。どうすれば、一宮が即位しても世の中は混乱しないと、主上に信じていただくことができるでしょうか」

「難しいことでございますが、ただ一つだけございます。それは、左大臣さまが外戚のごとく、一宮さまの御世をお支えすること」

「父上が一宮の外戚のごとく……」

彰子の心に明かりがともった。

もともと敦康は彰子の養子として育てられてきたのである。彰子の子であれば、道長の孫も同じではないか。

今さら敦康が即位したからといって、中関白家が力を盛り返すことはない。だから、道長が摂関となって敦康の御世を支えればよいのである。

もし彰子が二人の皇子を産まなければ、おそらくそうなっていただろう。二人の皇子の誕生は、彰子にとっても道長にとっても、この上ない喜びであったが、そのことで敦康の立場は不安定なものとなってしまった。

「わたくしはね、式部。自分のことを幸い人だと思っています。でも、その幸いが誰かの不幸の上に成り立っていると知ってしまった時、この世の景色が一変してしまいました。うまく言えませんが、本当にすべてのものがくすんだ色に変わり果ててしまったのです。だから、悲しいと言うわけではありませんし、言ってはならないとも思います。でも、腹を痛めた我が子に、わたくしと同じ思いをしてほしくはありません」

「中宮さま」

紫式部はそれ以上何も言わず、彰子の両手を握り締めてくれた。

「父上に書状を書きましょう。わたくしの今の気持ちと願いをしたためます。そなたが父上に届けてくれますか」

紫式部は無言でうなずき返してくれた。

　翌日には、紫式部を土御門殿に送り出したが、道長は書状を受け取りはしたものの、返事はなかったということであった。

　事は立太子に関わる話だから、安易に書状などは書けないということか。だが、それならば紫式部に言伝《ことづて》を託してくれてもよいだろうに。

　そうこうするうち、一条天皇はこの件につき、藤原行成に諮問するとの考えを彰子に明かした。その人選については妥当だと彰子も思った。

　廟堂での官職は中納言だが、敦康親王家の別当を務めている。といって、中関白家寄りというわけではなく、道長の意向に沿うべく振る舞うこともあり、彰子自身がその恩恵にあずかったこともあった。

　一条天皇の正妻としてはすでに中宮定子がいる状況において、彰子を立后させたいという道長と一条天皇の意向を汲み、二后並立が問題なしとの見識を示したのがこの行成なのである。

　能書家としてばかりでなく、弁舌の才にも恵まれ、特に対立する両者の言い分を調停したり、膠着《こうちゃく》した問題の落としどころを見つけたりする才能が見事であった。敦康とも道長とも、それぞれに深い関わりを持つ行成がどんな見解を示すのか、彰子にはつかみ切れなかった。だが、そうした立場の能吏《のうり》の発言であれば、一条天皇はかなり重く受け止めるのではないか。行成の考えにそのまま従うことも十分考えられる。

彰子はもう一度、父に書状をしたため、紫式部を土御門殿に送った。だが、この時は道長に会えなかったと言って、式部は戻ってきた。書状は託してきたというが、父はそれを読んでくれただろうか。

行成が一条天皇の意に沿う返答ができるよう、しかるべき処置をお願いしたいとしたためたのだが……。

諮問の場には立ち会わなかったが、彰子は紫式部を通して、行成の返答の中身を聞いた。

行成はまず、帝の御世というものは外戚の安定が求められると説いたらしい。過去にも、天皇が外戚の力が弱い皇子を後継者にしようとしたことはあるが、うまくいかなかったと歴史を繙《ひもと》きながら、行成の持論は展開される。そして、

「一宮さまの外戚たる中関白家はかつての力がなく、二宮さまの外戚たる左大臣は主上の御世を支えてこられました。この先、二宮さまがご即位なされた暁にはその御世をお支えすることでしょう」

と、敦康立太子に反対の立場を唱えた。さらに、

「一宮さまの母宮たる皇后（定子）の母君は高階氏の出でいらっしゃいました。高階氏といえば、在原業平朝臣《あそん》と斎宮の不義の子の血筋であり、伊勢神宮への障《さわ》りもございましょう」

とも付け加えたという。

前半はともかく、高階氏の血筋云々の発言は、彰子を不快にした。自分が大切に育ててきた敦康を貶める発言と聞こえたからだ。

「何という言い草でしょう。一宮に対して無礼極まりない」

彰子は声を震わせ、怒りをあらわにしたが、

「そうではございません、中宮さま」

と、紫式部からたしなめられた。

「中納言殿（行成）がおっしゃりたかったのは、文徳《もんとく》天皇の故事の方なのですよ」

「それは、文徳天皇が第一皇子の惟喬親王を立太子させたかったけれど、外戚が弱いのであきらめ、第四皇子の清和《せいわ》天皇を立太子させたという故事ですね」

「はい。その惟喬親王の外戚とは紀氏でございました。そして、在原業平朝臣と密通したとされる斎宮は、惟喬親王と母君を同じくされる妹宮でございます」

「あ」

「つまり、中納言殿は斎宮の話を引き、初めに申し上げた文徳天皇のご決断を見習っていただきたいと、念押しなさったのでございましょう」

行成の弁舌は確かに見事であった。

一条天皇は、その後は彰子にも考えを求めず、自らの意向で、彰子が産んだ第二皇子、敦成親王を次の東宮に定めた。その上で、皇位を譲る居貞親王に対し、敦康親王のことをくれぐれも頼むと言い置いた。

六月十三日に譲位した一条院は、間もなく出家し、二十二日には崩御した。

「敦康を……頼む」

彰子もまた、同じことを頼み置かれた。

「お任せください。一宮のことはわたくしが必ずお守りいたします」

露の身の　仮の宿りに　君をおきて　家を出でぬる　ことぞ悲しき

――露のようにはかない身の、かりそめの宿でしかない俗世にあなたを残し、余はひとり旅立たねばならぬ。そのことが悲しい。

一条院の辞世を、彰子はその枕もとで聞いた。

（主上、ご存じだったのですか。この世がくすんだ色にしか見えなくなってしまったわたくしの胸の内を――）

一人俗世を離れる余を許してくれ――声にならぬ夫の言葉を聞いた瞬間、彰子の見る景色は完全に色を失ってしまった。


三条天皇の御世となり、彰子は宮中を出た。一条院の葬儀も終わり、ややあってから、彰子は夫の遺品を片づけ始めた。敦康、敦成、敦良の三皇子の他、定子の産んだ皇女、そして数人の女御たちにも形見を分けなければならない。

道長が手伝うというので、父と共に片づけ始めたのだが、途中で道長が急に立ち上がった。

「いかがされましたか、父上」

一条院の装束を広げ、ぼんやりとしていた彰子は顔を上げて、声をかけた。が、父は何も言わず、そのまま部屋を出ていってしまった。

「どうしたというのでしょう」

困惑して呟くと、紫式部がくしゃくしゃに丸められた紙を広げてそっと差し出してきた。

「左大臣さまが出ていかれる間際に――」

投げ捨てていったということか。

ここにあるものはすべて、亡き一条院の遺品である。それを投げ捨てるとは無礼な――と、敦康の立太子をしりぞけられて以来、父に対して生まれてしまったわだかまりが胸につかえる。

紫式部から渡された紙を広げて、彰子はそれが一条院の手蹟《て》であることを確かめた。

「三光明《さんこうみよう》ならんと欲し、重雲を覆ひて大精《たいせい》暗し」

この世を明るく照らしたいと思うが、重い雲が覆って私の心を暗くしている――これは比喩であろう。

（重い雲とは父上のこと……）

道長の専横のせいで、思うような政ができずに苦しんでいる一条院の思いの丈を記した言葉だ。

いつ書かれたものなのかは分からない。敦康の立太子のことで意を異にしたのは、晩年のことだが、もっと前に書かれたもののようにも見える。

（主上……。申し訳ありません）

彰子は紙を抱き締め、涙を漏らした。紫式部をはじめ、女房たちは彰子の想いを察し、声をかけないでいてくれる。

おそらく、亡き夫を思い出し、悲しみに暮れていると皆は思っていることだろう。

だが、それだけではない。死してようやく気づいた夫の苦悩に、ただただ申し訳ない気持ちでいっぱいだった。

（わたくしは強くならなければいけない）

亡き夫に代わって、敦康親王を守れるだけの力を付けなければ——。

この書きつけはその決意を忘れぬため、常に我が身のそばに置くことにしよう。

彰子はそう胸に刻んだ。

三

故一条院は道長の姉詮子の子であったが、三条天皇はもう一人の姉超子の子である。同じく道長の甥で、皇位に就く順番は遅くなったが、三条天皇の方が一条院より年上であった。

この三条天皇に、道長は倫子との間に生まれた次女の妍子《きよこ》を入内させた。倫子との間に生まれた四人の娘たちの中で、最も器量のよい娘だ。この娘が姉に続いて、皇子を産んでくれれば、敦成親王の次の東宮に据えることができる。そうすれば、二代にわたって、道長の外孫が即位するというわけだ。

「しかし、今度はそこまでうまくはいきませんよ。新帝は若君に従順ではありません」

と、打臥は言った。

「分かっている」

道長は不機嫌さを隠さずに答えた。三条天皇を前にすれば分かる。相手が自分の思い通りにならぬことくらいは——。

あの従順に見えた一条院でさえ、道長に不満を隠し持っていたのである。いや、その内心には気づいていたが、あんな書きつけを残しているとはまさか思わなかった。

その道長の心を読んだかのように、

「あの書きつけをすぐに処分してしまわなかったのは失態でしたね」

と、打臥が不意に言い出す。

「言うな。あの時は腹立ちがこらえられなかったのだ。あんな書きつけを残しておくなど、私への当てつけのつもりか」

「中宮に見せるつもりだったのかもしれませんよ。生前、若君への不満を中宮に聞かせたことはおそらくなかったでしょう。そんなことをすれば、中宮の口から若君に伝わると、先帝も警戒していたでしょうから。しかし、死後、あの書きつけを見せられれば、中宮はどう思うでしょう。先帝への恋しさ、懐かしさも極まっている時ですからね。先帝はこんなに苦しんでいたのかと、中宮は若君を恨み始めるに違いありません」

「中宮はやはり、あれを見たのだろうな」

さすがに、部屋を離れた時、あの書きつけを残してきたのはまずかったと悟った。それで、意を含ませてある女房に、回収してくるよう申しつけたのだ。その女房は道長の耳目となって彰子の動静を知らせてくる女だが、

——そのような書きつけは見当たりませんでした。

と、伝えてきた。片づけられていない遺品の紙類や、反故《ほご》にされた紙類も調べたというが、見つからなかったという。

そこで、後日、彰子のもとへ行った時、そのことを尋ねてみたら、

——わたくしは何も見ておりませんが。

と、彰子は何も知らぬような顔つきで平然と答えた。そして、周囲の女房たちに、知っている者はいないかと問いかけた。すると、一人の女房が進み出て、

——あの日、反故紙を燃やすようにとお指図を受けましたが、その時、お部屋の隅に丸められていた紙を拾って一緒に燃やしました。中は見ておりませんが、それだったのかもしれません。

と、答えた。

——ならば、それが父上のお探しのものでしょう。大切なことが書かれていたのでしょうか。

彰子は何げない様子で問いかけてくる。なかなかうまくごまかしてはいるが、道長には通用しない。

彰子は間違いなくあの書きつけを読んだのだ。そして、そこに書かれた意を悟った。ならば、あれを捨てるはずがなく、今もどこかに隠してあるのだろう。

その上で、道長からの問いかけがあるものと想定し、女房に言い含めて燃やしたと言わせたのだ。

「中宮は若君に背くやもしれませんよ」

打臥が道長の内心の思いと同じことを口にする。

「あれを中宮に見せて、私に逆らわせることが、先帝の狙いだったというのか。私への意趣返しのおつもりか」

「いえ、そこまで意地の悪い人ではなかったでしょう、先帝は――」

「確かに、私もそう思っていたがな。姉上の御子を悪く言いたくはないが、あの書きつけを目にすると……」

「先帝があの書きつけを残した狙いがあるとすれば、中宮を自分の代わりと為すことでしょうね」

打臥は教え諭すような口ぶりで告げた。

「ご自身に代わって、中宮に何をさせたいというのか」

「それは決まっています。敦康を守らせるのですよ」

「敦康だと――」

「驚くことはないでしょう。中宮に子がなかった頃、敦康を中宮に託したのは若君と先帝ではありませんか」

そう言われれば確かにそうだが、先帝亡き今、彰子が敦康を守らなければならぬ義理などない。

「そうはいきませんよ」

と、道長の心を読んで、打臥は言った。

「我が子のようにお育ていたせと、まだ少女の中宮に言ったのは若君ご自身ではありませんか。中宮は素直にそれに従ったまでです。我が子と思って育てた子を、今さら捨てよと言えますか」

「それは言えぬが……。我が子を得た今、他人の子にそうまで執心するものか」

「他人の子にも情けを注げるのが、人の特質なのでは？　もちろんすべての人がそうとは言いませんが」

打臥の言う通りだ。敦康に向けていた彰子の慈しみ深い眼差しを思い返し、道長は思った。あの眼差しはどこも、敦成や敦良に向けるものと変わりはなかった。

「中宮にはお気をつけなさい。もはや、まだかまだかと成長を待ち望んでいた時の幼い娘ではありません。今や東宮の母親で、いずれは国母になる」

それは分かっている。そう望んだのは他ならぬ父親の自分なのだ。

「国母となれば、若君に十分対抗できる力を持つでしょう。かつての姉君のように」

今は亡き姉、詮子の頼もしい面影を思い返し、道長は首を横に振った。

「いや、中宮はそれほど賢い娘ではない。愚か者ではないが、姉上のように、男と渡り合えるほどの聡明さはない。親なのだから、そのくらいは分かる」

「何を言うのです」

打臥は道長をせせら笑った。

「その娘に賢い女を付けたのは誰ですか。本人がそこまで賢くなくとも、中宮のそばにはこの国の賢女が集まっている。身近に賢い女がいれば、中宮とて学ぶでしょう。賢い女たちを真似るようになるでしょう。そのくらいの知恵はある娘だと、わたくしは思いますよ」

「………」

「もしも中宮が先帝の代わりに敦康を守ろうと考えたなら、行き着くところは、敦康の立太子となるでしょう」

「中宮が敦康を天皇に担ぎ上げるということか」

我が子である敦成や敦良の敵となりかねない敦康に、そこまで肩入れするだろうか。

疑念は浮かんだが、すぐに消えた。彰子が敦康に実母と変わらぬ親の情を注いでいるのは間違いない。血がつながらないからこそ、思いがいっそう深くなることもある。

　それに加えて、一条院の書きつけを見て、道長への恨みと嘆きを抱いたのならば——。

　最後には、理を説けば分かってくれた一条院より始末が悪い。情で動こうとする母親というものは——。

「下手をすると、次の東宮に敦康を推してくるかもしれませんよ。国母となれば手に負えなくなります」

　詮子がかつて一条院の寝所に押しかけ、道長に内覧の宣旨が下るよう、泣き落としてくれた時のことが思い出された。東宮となった敦成が即位した時、彰子がその寝所に押しかけ、「そなたの兄の敦康を帝にしておくれ」と泣き落とす姿が目に浮かんだ。

　とんでもない話だ。断じて承服するわけにはいかない。

「中宮の周りをよく見張らせよう」

　道長の耳目を務める女房は配してあるが、もう少し数を増やした方がいいかもしれない。

「中宮が国母となる前に手を打つべきです」

「そうしよう」

道長は気を引き締めてうなずき、それからただちに女房の配置換えを手配した。

翌寛弘九（一〇一二）年の二月、皇太后となった彰子は内裏を出て、土御門殿を御所として暮らし始めた。

この邸も昔とは様変わりしている。道長が婿入りした時は、敷地が一町ほどだったが、徐々に土地が広げられ、今や当時とは比べものにならぬ敷地の広さを誇っていた。

敷地の中にはいくつかの大邸宅があり、その一つに道長は倫子や幼い子供たち、それに敦良親王と共に暮らしている。この皇子は大事な次の東宮候補、よくないことを考えている彰子のそばになど置いておけない。

彰子は敷地内の別の邸に暮らしており、そこは皇太后御所と呼ばれるようになった。同じ敷地の中ではあるが、移動するとなるとそれなりの距離がある。

その彰子の御所から道長のもとへ、ある日、女房がひそかにやって来た。

「皇太后さまは、小野宮大納言殿（藤原実資）と内々に書状のやり取りをしておられます」

「何だと」

一瞬、目がくらむほどの怒りを覚えた。よりにもよって、自分の娘が、あの実資と手を組もうとしているとは——。

「取り次ぎ役は誰だ」

「紫式部殿でございます」

さらなる怒りが湧き上がり、本当に目がくらんだ。あの女は……ずっと目をかけてやってきたあの女は恩を仇で返そうというのか。とはいえ、道長はその場ではどうにかこらえた。

「引き続き、調べを続けよ」

道長はそう命じ、女房を彰子のもとへ帰した。

一人になると、目を閉じて瞼の上を揉む。眼裏《まなうら》は霧が立ち込めたように薄ぼんやりとしていた。だが、白い霧の幕を通して奥の方が輝いている。その薄明かりは、鮮やかな女郎花《おみなえし》の色をしていた……。


彰子が敦成親王を出産した四年前のこと。

彰子について土御門殿に退出してきた女房の中に、紫式部もいた。

露もまだ乾いていない霧がかった朝の庭を歩きながら、道長は人に遣水《やりみず》を清めさせ、女郎花の花を折り取らせた。そして、それを紫式部のいる局に差し入れたのだ。歌を詠むように言いつけると、

女郎花　さかりの色を　見るからに　露のわきける　身こそしらるれ

と、すばやく詠んできた。花盛りの女郎花を見ると、露も置いてもらえぬ我が身が思い知らされる——とはまあ、ずいぶん慎ましい歌だ。

白露は　わきてもおかじ　女郎花　心からにや　色の染むらむ

白露は分け隔てはしないもの、女郎花は自分から美しい色に染まろうとしているのだよ——と、道長は返した。

紫式部は宮仕えをずいぶんと躊躇っていた。それを強引に引っ張り出した心の咎めは、道長にもあった。

だからあの時、「そなたも心掛け次第で輝ける」と励ましの歌を返したのだ。そ

して、折に触れ、彼女の宮仕え生活が満ち足りたものであるよう、自分なりの援助もしてきた。

それだのに、あの女は本来の主であるこの自分を裏切った！

追憶をたどる間、いったん封じられていた怒りが再びよみがえってきた。その激しさは先ほどをしのいでいる。

黄金色の女郎花は、道長の目の奥で弾け飛んだ。


道長が一人になれる曹司へ出向いたのは、彰子の目付け役である女房が立ち去ってからしばらくした頃であった。そこにはすでに打臥がいた。

「何があったのですか」

と訊くので、彰子に仕える女房が密告に来たのだと伝えた。すべての話を聞き終えるなり、

「だから、言ったではありませんか」

と、鬼の首でも取ったかのように、打臥は今いちばん道長の気に障ることを言い始める。

「あの女房は若君に災いをもたらす者だと――」

「分かっている!」

打臥の言葉を遮って吐き捨てたが、それこそ八つ当たりというものだ。打臥は平然としていた。

「皇太后と実資、紫式部が一緒になって、敦康を担ぎ出す密談をしているなんて、ぞっとしますね」

皮肉な口調で言われると、いっそ爽快ささえ覚えるほどだ。

「まったくだ」

そう言って、道長は声を立てて笑った。これを笑わずして何とするのだ。大事に育ててきた娘は自分の敵に回ってしまった。自分は最大の敵となる人物を手塩にかけて育ててきたというのか。

「紫式部をすぐに皇太后のそばから引き離しなさい」

「無論そういたす」

道長は笑いを収めて言った。もう迷いはない。もっとも、紫式部を追い払ったところで、彰子が敦康の即位をあきらめるとは限らないのだが……。

「だが、今は帝の方で揉めている。紫式部の追放はあちらが落ち着いてからだ」

道長は冷静さを取り戻し、判断した。

「まあ、そうですね。帝には痛い仕置きが必要でしょう。若君の娘以外の女を后にしたがるなんて言語道断」

打臥が鋭い舌鋒で言う。

その通りだ。

三条天皇は道長の甥だが、早くに亡くなった姉超子の子であるため、これまであまり深い関わりがなかった。詮子の子である一条院とは、東宮となる以前から頻繁に顔を合わせていたから、それに比べるとどうしても縁が薄くなる。

娘の妍子を入内させる前、別の女を寵愛したのも無理はないことだし、すでに皇子を幾人も儲けているのも咎めることではない。だが、そちらの女を后にしたり、その女を母とする皇子を立太子させたがったりすれば話は別だ。

今、三条天皇はその古くからの妻である宣耀殿《せんようでん》の女御、藤原娍子《すけこ》を皇后にしたいと言い始めた。そうなると、娍子の産んだ皇子たちが后の子という待遇を得ることになる。

一条院の敦康と敦成、敦良らがそろって后の子であったのと同じだ。皆が后の子であれば、その中での上下がなくなるので、皇位継承は年齢順にという考えが成り立ってしまう。それが先の立太子の際の揉め事になったというのに、三条天皇は何を考えているのか。

だが、道長が不快の念を示したというのに、三条天皇の意向は変わらなかった。どうしても、宣耀殿の女御を立后させたいというのだ。

ならば勝手にしろ、ということになったのだが、黙って見過ごすわけにはいかない。いったい誰のお蔭で帝になれたと思っているのだ。外戚の九条流がその身をずっと守ってきたからこそではないか。

特に、三条天皇は亡き父兼家の初の外孫であり、最もかわいがられた皇子であった。兼家は自らが所有する荘園の中で、実りの多い土地はすべて三条天皇に譲ると遺言したのだ。そこまでの恩恵を受けておきながら、九条流をないがしろにして、そうでない妻子を優遇するとは――。

「外戚を粗末にすれば、どういう目を見るか、帝といえども、しかと味わっていただかねばな」

思わず口に出して呟くと、

「悪いお顔をしてますね」

と、打臥が言った。

「わたくしは嫌いではありませんが」

そう言ってから、いずこへともなく去ってしまう。

誰が何を望もうとも、自分は為すべきことを為すまでだ。道長は「先見の記」の巻物を開いた。

今書くことはただ一つ、彰子のもう一人の子「敦良立太子」であった。

七章　この世をば

一

土御門殿の一角に公卿、殿上人たちが集まっている。寛弘九（一〇一二）年四月二十七日、中宮妍子が参内するため、それに従おうという人々の群れであった。妍子に仕える女房たちをはじめ、倫子の女房たちも総出で、そのもてなしに追われている。なかなかいい眺めだ、と道長は思った。

これぞ、后の家というもの。

この賑わい、華やかさ、豊かさ——時流に乗るとはこういうことだ。これらに人は引き寄せられる。そして、后の家とはこうでなければならぬ。

三条天皇が立后させたいと言い張る宣耀殿の女御娍子の家に、これがあろうものか。

娍子の父親は亡き藤原済時。極官は大納言であった。小一条流と呼ばれる一門の出身で、家柄だけを見れば悪くはない。九条流の祖となったのは道長の祖父師輔だが、その弟の師尹《もろただ》を祖とするのが小一条流である。ちなみに、師輔や師尹の長兄実頼を祖とする一門が、あの小野宮流だ。

師尹の子である済時は、娘を三条天皇が東宮だった時に入内させた。長生きしていれば、大臣にも昇ったろうが、道隆と道兼が亡くなった長徳元（九九五）年、都に流行った赤班瘡にやられて死んだ。

三条天皇は故済時に右大臣を追贈したが、その息子の通任《みちとう》はようやく参議になれたばかりである。三条天皇の御世となって栄進したものの、妍子の兄弟たちに敵うはずがない。妍子の兄であり、道長の嫡男である頼通《よりみち》は権中納言の地位にあった。

道長の息子は全部で六人いる。倫子のもとに二人、明子のもとに四人。

そのうち、明子を母とする三男顕信《あきのぶ》はこの正月突然出家してしまい、道長と明子を嘆かせた。同じく明子の産んだ六男の小若君《こわかぎみ》はまだ元服していないが、他の四人はこの日の参内に付き添わせることにしている。その姿が中宮妍子の、そして九条流道長一門の栄華を示すものとなろう。

娍子が皇后になったからといって、小一条流のどこにこれほどの輝かしさがあるというのか。

実はこの日、娍子の立后の儀が執り行われている。その予定を知ってから、妍子の参内をぶつけた。

今日、土御門殿に現れない公卿は、娍子の里邸に出かけた見込みが高い。娍子の兄弟である通任は仕方ないとして、他に来ていないのは誰か。その人物の名は、記憶にしかと留めておかなければ――。

不参の者を確かめるため、道長は人々に挨拶して回った。

（やはり実資は来ていないか）

公任の姿を探してみると、すぐに目が合った。まるで待ち構えていた様子で、道長のそばまで寄ってくる。

しかし、これは当たり前だ。五男の教通《のりみち》をどうしても婿に欲しいと乞われ、承知したばかりなのだから。公任は涙を流さんばかりに喜び、生涯かけて教通を大切に世話すると約束した。

もちろん、そうしてもらわなければならない。教通は将来、同母の兄である頼通を支える息子なのだ。

「ところで、小野宮大納言殿はどちらに」

道長が問うと、公任はたちまち顔色を変えた。

「少々病を得たとかで、こちらに参るのは難しいかもしれぬと聞いております。左大臣殿へのお知らせはありませんでしたか」

びくびくしながら言う様子を見ていると、あざ笑いたい気持ちと、気の毒に思う気持ちが入り混じり、何とも複雑な気分であった。

「ああ、さような知らせを受けていたかもしれぬ。何しろ、今日は知らせをよこす者が多くて、いちいち覚えておれぬゆえ。私も年を取ったものだ」

公任は一瞬どう返したものか、迷ったようだ。二人が同い年であることは、若い頃から互いに意識してきたことである。

道長が四十七歳になったということは、公任も四十七歳になったということであった。

「左大臣殿におかれては、まだこれからでございましょう。世を率いていかねばならぬお立場なれば――。私めはただ『老《ろう》を送るの官』さえ得られれば、本望でございますが……」

さすがにうまいことを言う。白居易《はくきょい》の詩の一節を踏まえての言葉だ。「香爐峰《こうろほう》の雪は簾《すだれ》を撥《かか》げて看《み》る」でよく知られるこの詩は、白居易四十六歳の時の作。今の二人とほぼ近い齢であった。

この時、閑職に左遷されていた白居易は「故郷何ぞ独り長安《ちょうあん》のみにあらんや」と嘯《うそぶ》き、都から遠く離れた田舎暮らしを受け容れようとしていた。公任は自分も同じだと言ったのだ。

「何をおっしゃる。共に年を取ろうとも、私たちの故郷はここでござろう」

道長の言葉に、公任は「かたじけのう存じます」と感に堪えた様子で言い、頭を下げた。

この男はこれでいい。もはや九条流に牙を剝くことも、傲慢な態度を取ることもあるまい。これからは教通の番犬となってくれればよいのである。

しかし、実資は病を言い立てて来ないという。

この場合の「病」とは体《てい》のいい言い訳で、妍子の参内にも娍子の立后の儀にも、どちらにも関わらずやり過ごそうという腹積もりに違いなかった。道長にも付かず、三条天皇にも付かず――という態度を示したわけだ。一つ間違えれば、双方の怒りを買いかねないが、実資はうまく乗り切れる自信があるのだろう。

（そういえば、隆家も来ていないか）

公任から離れ、周囲に目を配りながら、道長は思った。

藤原隆家は亡き長兄道隆の子で、花山法皇に矢を射かけ、兄の伊周と共に左遷された甥である。帰京した後は復職し、かつての威勢とまではいかずとも、少しずつ出世してきた。伊周は少し前に亡くなってしまったが、隆家は敦康親王の外叔父として、今や皇位継承の見込みのなくなった皇子を何とか支えている。

かつては政敵であったこの甥を、道長はさして嫌ってはいなかった。伊周よりも度胸があり、道長に媚びないところに見込みがある。もちろん、あからさまに敵対してきたり、敦康親王を即位させようと謀ったりすれば話は別だが、今のところは道長と距離を置きつつ、衰えかけた中関白家の面目を何とか保とうとしていた。若い頃は、考えることが短絡で乱暴であったが、年を重ねて少しは思慮深くなったのだろう。

今では中納言に進み、公卿の一員であったが、ここにいないということは、娍子の立后の儀に出向いたものか。隆家とてまぎれもない九条流なのだから、小一条流の娍子より、従妹である妍子との縁の方が深いはずだが……。

そんなことを思いめぐらしているうち、

「内裏よりのご使者が参られました」

と、女房が知らせてきた。

「中宮さまへのお言伝でも？」

「いえ、そうではなく」

女房はきまり悪そうに目を伏せて言う。

「こちらにおられる公卿の方々に、立后の儀へ参列するようにとのお言葉にて」

女房は道長とは目を合わせぬまま、目を客人たちの方へ泳がせ、「あ、あちらに」と声を上げた。

道長に言づけたところで握りつぶされると見越したものか、内裏からの使者は主だった公卿らに近づき、直に帝の意向を伝えようとするらしい。

どうしたものかと思っていたら、その時、何かが宙を飛んで、使者の頭にこつんと当たった。使者が頭を手で押さえ、猛然と振り返った先には、公卿の一人、藤原正光《まさみつ》がいる。

この男は、兼家の兄兼通の息子なので、道長とは従兄弟同士であった。兼家は兄の兼通と不仲だったが、兼通の息子たちともそうだったわけではなく、特に正光は父親の死後、兼家にすり寄ってきた。兼家も正光を優遇しており、その後も順調に出世を重ね、今では道長にへつらっている。

正光は使者に盃の欠片を投げつけ、

「こちらでお役を果たすことはできまい。ただちに帰るがよろしかろう」

と、言ったのだった。

さすがに無礼な仕打ちと言い草であったが、使者はちらっと道長に目を向けるなり、無念そうな表情を浮かべただけで、去っていった。使者の姿が消えてからも、その場はしんと静まり返っている。

道長はゆっくりと正光に近づいていった。

「左大臣殿、お目汚しを」

と言って、正光は跪く。道長も屈んで膝をつくと、正光の肩に手を置いた。

「貴殿の剛毅な態度は、この先も忘れまい」

道長の言葉に、周りからどよめきが上がる。

「かたじけないことでございます」

顔を輝かせる正光を前に、道長は別のことを思っていた。

(これで、帝の面目は丸つぶれとなったな)

娍子は立后しようとも、その権威はとうてい妍子と比べものにならない。

(私の意に反することを行えば、どうなるのか、帝も思い知ったであろう)

あとは、実資が今日どのような行動を取ったか、しかと確かめねばなるまい。道長は公卿らに向ける和やかな笑顔の下で、そう思いめぐらしていた。

その頃、小野宮邸では病と称して横たわる実資のもとに、養子の資平《すけひら》がやって来て、帝の言葉をくどくどと並べ立てていた。

実資はしかるべき妻との間に娘は儲けたものの、男子を得ることができなかったので、兄の子である資平を養子に迎えている。

「主上が宣耀殿の立后の儀を取り仕切るようにと、父上にご命令になったのですよ」

どうやら資平は三条天皇に丸め込まれているようだ。

「私は病だと申し上げたのであろう」

「使者には申しましたが、明らかに信じていない面持ちでした」

「私はまことに具合が悪い。医師《くすし》からは寝ているようにと言われておる」

「父上がそう言わせたのでしょう」

資平は明らかに疑わしげな声で言った。

「私は医師を脅してなどおらぬぞ」

「父上がそう言ってほしそうなお顔をしたのでしょう。そんなこと、見透かされていますよ」

「…………」

「主上だって、左大臣だって、分かっておられます」

知ったふうな口を利く資平が小憎らしくなってきた。

「それならばそれでよい。いずれにしても、今日は物忌みだ。私はどこへも行かぬ」

上にかけた衾《ふすま》を引きかぶって、資平との会話を終わらせた。

何のかのと言っても、資平が最後は自分に逆らわないことはよく分かっていた。

やがて、資平が大きな溜息を吐いたのが分かったが、実資が無視していたら、やがて立ち上がろうとするらしい衣擦れの音が聞こえてきた。やっと静かに寝られそうだ。

今日の騒動の責めは左大臣の道長にある。

三条天皇が長年の妻で、皇子たちの母である宣耀殿の女御を立后させたいと願うのは妥当であった。父親の極官が大納言では物足りないが、右大臣を追贈することで体裁は調ったと言える。ならば、公卿たちは帝の意向に従い、立后の儀を行うべきであるが、道長はあえて中宮の参内を同日にぶつけた。

　そもそも、宣耀殿の女御の立后については、三条天皇からの打診を受け、道長が賛同したと聞いている。賛同しておきながら、儀式が滞るよう仕向けるとは、底意地が悪い。

　道長の行動は明らかに道理に反している。だから、中宮の参内には付き添わないと、実資は決めた。

　では、娍子の立后の儀式に参列すればよいかというと、単純にそうとも言えない。これに参列することは、道長への敵対を表明したようなもの。大臣を目前にして昇進を逃せば、父祖に対して申し訳が立たぬ。

　今や道長の九条流に対して、太刀打ちする力を持たぬ小野宮流だが、せめて大臣を輩出しなければ格好がつかぬではないか。公任は道長の息子を婿に取って大喜びする犬となり下がったが、自分だけはせめて小野宮流の意地を見せなければ――。

「父上」

　再び資平の声が近くから聞こえてきた。もう去ったと思っていたのに、まだいたのか。

「何だ」

と、衾から顔を出したら、資平の他にもう一人いた。自分の思いにとらわれていて、気づかないとは迂闊であった。

「中納言ではないか」

慌てて枕もとの烏帽子をかぶり、起き上がった。

中関白家の中納言、藤原隆家。この男は道長の甥だが、長徳の変で敵対したこともあり、今日は中宮と皇后、どちらの邸へ行くのか予測がつかなかったが……。

「お加減がお悪いとか」

明らかに疑わしい目を向けて言うなり、隆家は枕もとに勝手に座った。

「さよう。医師から寝ているようにと言われておる」

「起き上がれるようですな」

驚いて起き上がってしまったのはまずかったか。

「これから皇后の里邸へ参ります。ご一緒しようとお誘いに参りました」

いささか無礼とも言える鋭い眼差しを向けて、隆家が言った。この男は昔から無謀なところがあったが、よく言えばものを恐れぬ度胸があるということだ。悪くすれば、法皇相手に矢を射かけるという愚かさを露呈するわけだが……。

（まさか、この私を抱え上げて、皇后の邸まで運ぶつもりではあるまいな）

恐ろしいことを想像しかけ、実資は隆家から目をそらした。

「だから、私は行けぬと――」

「主上から、そうするようにと仰せつかりましたので」

どうやら、三条天皇はどうあっても実資を立后の儀に引きずり出したいらしい。

「そのご様子でしたら、何とかお車には乗れましょう。私が肩をお貸しいたします。お加減がよろしくなければ、とにかくお出ましになるだけでよいのです」

隆家は熱心に言った。どうやら、実資が行くと言うまで、その場から動かぬ構えのようである。

「立后の儀に参列するのは誰だ」

仕方なく、実資は隆家に尋ねた。

「私の他には、大納言殿の兄君と后の兄君だけのようですね」

「兄上か……」

実資の兄とはこの資平の実父で、懐平《かねひら》という。祖父の養子となって小野宮流の嫡流を継いだ実資より、官位官職の面で劣っており、今は参議であった。この度、皇后宮大夫《こうぐうのだいぶ》に任ぜられていたから、参列するのは道理である。皇后の兄の通任も参議であるから、中納言一人に参議が二人ではいかにも心もとない。

三条天皇が実資を引っ張り出そうとするのは、せめて大納言を一人でも参列させねば格好がつかぬからであろう。

「父上、参りましょう。皇后宮大夫をお助けしてください」

資平も口を添える。実の父を助けてほしいと資平から言われると、さすがに実資も胸が痛んだ。

まともな公卿のいない儀式を、皇后宮大夫として執り行わねばならぬ兄懐平の身を思うと、やはり哀れだった。温厚なこの兄は、養子に行った弟に官位官職の面で劣っても、決して実資を妬んだり、その足を引っ張ったりしなかった。また、養子の相談をした際も、実資の望み通り、次男を差し出してくれたのだ。

「一つ伺いたい」

実資は隆家に目を据えて言った。

「中宮は貴殿と同じ九条流の出だ。皇后は小一条流。貴殿にとっては中宮の方が身近であり、行けば左大臣の覚えもよくなるだろうに、なぜ皇后の方へ行こうとする」

「主上がそうせよとおっしゃったからです」

隆家はしごく明快に言った。

「主上と左大臣、どちらに従うのが道理でございますか」

「なるほど」

確かにその通りだ。左大臣がどれほど権力を握ろうとも、帝の臣下であることに変わりはない。

悩むまでもないことだ。自分は物事を複雑に考えすぎ、道長の追従者たちは完全に道理をはき違えた。

愚者もたまにはまともなことを言うのだと、実資は感心した。

「天に二つの日はなしという。主上の仰せとあらば、何を差し置いても行かねばなるまい」

実資は出立の支度をするよう、資平に申しつけた。

そして、実資は皇后の里邸へ出向き、上卿《しょうけい》として立后の儀を執り行った。公卿は実資、隆家、通任、懐平の四名のみという儀式ではあったが、大納言の実資が参列したことで、かろうじての面目を保つことができたと言えよう。

翌日、資平は三条天皇からのたいそうな謝辞を賜り、実資に告げた。

「『私は天皇になれば、すべて己の意が通ると思っていたが、立后の儀一つままならないことを思い知った。今後は何事も小野宮大納言を頼るようにしたい』と主上は仰せになっておられました」

その言葉は実資に、自らの行動が間違っていなかったことを教えてくれた。

今の自分ではたとえ三条天皇の後押しがあったとしても、道長に匹敵することはできない。昨日、道長の邸で勅使が物を投げつけられたというのが、今の世のありさまだ。

だが、大きな権力を握る人物には、必ずその行動を監察する者がいなければならぬ。そうでなければ、権力は暴走し、腐り、行き着くところは国政の混乱である。

(左大臣を見張り、その暴虐を阻止するのが、我が役目)

実資は改めて、そう心に期した。

道長の娘であり、皇太后である彰子もそれを望んでいる。彰子の意向は女房の紫式部を通じて実資に伝えられ、ひそかに対面する時には紫式部が取り次いでくれることになっていた。

(皇太后が左大臣の暴挙の足かせとなってくだされば、この国も捨てたものではない)

左大臣の娘にしてはご立派になられたものだと、実資はひそかに彰子を礼賛していた。

しかし、それから間もなく、実資と彰子の連携は大きな痛手をこうむることになった。紫式部が道長の命令により、彰子のもとから追い払われたためであった。

妍子立后をめぐり、道長と三条天皇の間に不和が生じた時から、六年の歳月が過ぎた。

二

その間にさまざまなことが起こり、世の中は様変わりしている。三条天皇は眼病を患い、妍子の産んだ第一皇子敦明《あつあきら》親王を立太子させることを条件に退位。

道長の外孫である敦成親王が即位して、後一条天皇となった。

三条院は退位した翌年、道長との闘争に疲れ果てたように崩御。道長を外戚としない東宮、敦明親王は道長にとっていわば目の上の瘤《こぶ》であったが、何と、父の崩御後間もなく、東宮の位を返上してしまった。

三条院は我が子の皇位継承を強く望んだが、当の本人は道長と対立してまで天皇となろうとは思わなかったということだ。

敦明親王は上皇に準じて小一条院《こいちじょういん》となるや、道長の娘寛子《ひろこ》を妃に迎え、道長一家に取り込まれてしまった。代わって、一条院の第三皇子――彰子を母とする敦良親王が東宮となる。

もはや進むところ敵なし――といった道長は、後一条天皇の御世において初めて摂政となるも、ほどなくして嫡男の頼通に職を譲渡。そして後一条天皇の元服後、娘の威子《たけこ》を入内させると、間もなく立后させた。

これにより、威子が中宮、三条院の后であった妍子が皇太后、一条院の后であった彰子が太皇太后《たいこうたいごう》となり、三后《さんこう》をすべて道長一家で占めるという快挙を成し遂げたのである。

その威子立后の儀を祝う宴が、寛仁《かんにん》二（一〇一八）年十月十六日、道長の土御門殿にて行われることになった。この頃、右大臣となっていた実資も招かれている。

実資はその三日前、ひそかに太皇太后の彰子に呼ばれた。

「今日は、最後と思って、こちらにお呼びいたしました」

彰子は告げた。

「朝廷が一人の臣下の意のままに動くようであってはなりませぬ。帝が臣下の専横に悩まされるような世であっても――。そうならぬよう、力を尽くしてくださった小野宮右大臣殿の功績は、決して忘れるものではありませぬ」

今や国母となった彰子は、淡々と言う。

一人の臣下が誰のことを指すかは、もちろん互いに分かっていた。

「もったいなきお言葉。これより後も、力の限り、主上をお支えしてまいります」

実資は恭《うやうや》しく答えた後、

「しかし、先ほど『最後』と仰せになられたのは、いかなるお考えからでしょうか」

顔を上げて尋ねた。

「わたくしは式部卿宮《しきぶきょうのみや》（敦康親王）に、世を治めてほしいと望みました。それが、亡き一条院のお望みだったからです。同じように、三条院もご自身の皇子を皇位に就けんと望まれましたが、あの方は自ら東宮の位を降りてしまわれました。親の望むところが必ずしも子の望みと同じとは限らない、そう言われたような気がいたしました」

「つまり、式部卿宮さまもまた、必ずしも皇位継承をお望みになってはおられない、と――」

彰子は無言であった。

数年前ならいざ知らず、もはや今となっては道長を外戚としない皇子が即位するのは難しい時代である。敦明親王が東宮の位を降りたのもそれを察したからで、それを見た敦康親王が今さら皇位継承を望むとは、実資にも思えなかった。

「世をしろしめす御位は、天の定めるところ。天子となられるお方はそういう定めのもとにお生まれになるのでございましょう」

彰子の慰めになるかどうかは分からぬが、実資は告げた。

「御位に就かれる方が必ずしも恵まれているわけではありません。一条院も三条院もとても苦しんでおられました。式部卿宮が皇位に就けば、それ以上の苦悩を味わうことでしょう。宮の母代わりとして、それは受け容れがたいのです」

「お気持ちはお察しいたします」

「皇位のことはもはや天に任せるとして、わたくしは国母として、この国が臣下の専横にさらされぬよう力を尽くします。また、小野宮右大臣殿もそうしてくださることでしょう。今日は、前摂政（道長）にまつわるあることをお知らせし、右大臣殿のご判断を仰ぎたく、お越し願いました。どうするかは、右大臣殿にお任せいたしたく存じます」

彰子の言い方は少し回りくどかったが、要するに道長の何らかの秘密をつかんだということだろう。それを暴くのが正しいかどうかは、判断に迷うところなのかもしれない。

「承知いたしました。お話しくださいまし」

「それでは、まず書きつけを」

彰子が言うと、一人の若い女房がそれを持って、実資のもとまで来た。この女房は越後弁《えちごのべん》といって、あの紫式部の娘であった。紫式部の追放後、彰子が実資との取り次ぎ役として、その後任に定めた女房だ。

越後弁から渡された紙を実資は見た。

「三光明ならんと欲し、重雲を覆ひて大精暗し」

と、ある。筆跡には見覚えがあった。

「これは、一条院の……」

「御遺品の中から出てまいりました。重雲が誰を指すのかは、もうお分かりと存じますが」

実資は返事を控えた。だが、彰子がなぜあえて父親の専横に立ち向かおうとしてきたのか、その理由の一端を知ることができた。

公明正大な政を行おうとした一条院は、「重雲」に覆われ、世の中を正しく治めることができなかった——そう嘆いているのだ。

道長の権力は一条院との連携によって成り立っていたから、その一条院が道長を疎ましく思っていたという真実は、公卿たちに大きな衝撃を与えることになるだろう。それで、道長の権力がすぐに崩れ去ることにはならないだろうが、このことを後一条天皇や東宮の敦良親王が知れば、どう思うだろうか。亡き父を苦しめていた道長を、これまでのように外戚として信頼し続けるかどうか。

「これを、帝や東宮さまにはお伝えしておられませんな」

「伝えておりません」

彰子は静かに答えた。

それでいいと、実資はおもむろにうなずく。二人が幼いうちに、母親からこの書きつけを見せられ、事情を説明されていたなら、道長に対してどんな感情を抱くことになったか分からない。道長がそれを知れば、彰子との関係は最悪のものとなり、朝廷は混乱していただろう。

「先にも申したように、これをどうするかは右大臣殿に決めていただきたいのです」

彰子の落ち着いた物言いは少しも変わらなかった。

「これだけで、前摂政の専横を示す証にならぬことは、わたくしにも分かります。ですが、これが世に知られれば、少なくとも帝の補佐をするのにふさわしからずと、世間は見るようになりましょう。そうなれば、おそらく父は国政を動かすことができなくなります」

「太皇太后さまはそれを望んでおられるのですか」

「望んだことがあった、とだけ申し上げましょう。一条院が崩御なさってから間もなく、わたくしはその書きつけを見つけ、このままにはしておけないと涙ながらに思いました。式部卿宮を守るため、わたくしは強くあらねばならぬ、とも。もし父が式部卿宮を害することがあれば、わたくしは断じて父を許しませんでした。しかし、今に至るまで、少なくともそのようなことはなかった。ですから、今、それをどう扱うのが正しいのか、非才なわたくしには分からないのです。されど、世に賢人右府《じんうふ》と謳《うた》われるあなたであれば、きっと正しく使ってくださる。わたくしはそう信じております」

彰子の言葉を胸に刻み、実資は一度、深く深呼吸をした。

「まずは、太皇太后さまの寄せてくださるご信頼に、深く感謝申し上げます。私は太皇太后さまの父君を、その若い頃からずっと見てまいりました。あの方は何もかもを兼ね備えた完璧な方とは申せませんし、残念ながら清廉潔白な人格者でもない」

彰子が座る御簾の向こうはひっそりと静まり返っていた。

「けれども、機を読み、人心をまとめ上げる力をお持ちなのは確かでございます」

長徳の変で伊周と隆家を失脚させた時、彰子の入内に際し、あの公任に和歌を差し出させた時、そして実資と彰子の密談を滞らせるべく紫式部を追放した時――。

道長が決して、そのするべき時を読み違えなかったのは見事なものであった。

「太皇太后さまの仰せのまま、この書きつけを預からせていただきまする。闇に葬るという道もあるかもしれませんが」

「それでかまいません」

彰子は長年胸に溜めてきたものを吐き出すように、ゆっくりと答えた。

三

威子立后を祝う宴を明日に控えた土御門殿の曹司では、道長が人を遠ざけ、打臥の巫女と言葉を交わしていた。

つい先ほど、彰子を見張っている女房から、思いがけない知らせが届けられた。

彰子が実資を呼び出し、そこで故一条院の書きつけを託したという。

「ついに、実資をどうにかしなければならぬ時が来たようですね」

という打臥の言葉に、道長はゆっくりとうなずいた。

「あの書きつけが私を指している証など、どこにもない。だが、誰が誰にあれを見せるかで、結果が変わってくる」

裁かれたり糾弾されたりしなくとも、世の中から爪弾きにされる恐れはあるだろう。もしも実資がそれを狙っているのならば――。

「そうですね」

打臥は道長の言わんとするところを、ただちに察したようであった。

「つまり、実資が帝や東宮、または頼通や教通らに見せるかもしれぬ、と――」

そうなっても、表立っては何も起こらぬ見込みが高い。帝や東宮にとって道長はまぎれもない外祖父であり、頼通や教通たちは、この先も道長を父と呼ぶだろう。だが、彰子がそうであったように、皆の心が自分から離れていくようなことになれば――。帝も頼通も政において、道長の言葉に従わなくなるかもしれない。場合によっては、二人とも実資の言いなりになってしまうことさえあり得る。

彰子が後一条天皇を産んだ時の高揚と喜ばしさがよみがえった。あの時の道長を、打臥は有頂天になっていると言ったものだ。大切に育て、ようやく皇位に就けた外孫から、今になってそっぽを向かれるなど――。

「この際、実資を懐柔するか」

実資には小野宮流を継いだ自負がある。かつては藤原氏の嫡流と見なされていた名家の自負が――。

それならば、それを満たしてやることで、何とか懐柔できるかもしれない。

「一代限りの関白職を餌にするのはどうか。実資の引退後は頼通に戻させればいい」

実資は道長より年上なのだから、関白として君臨するのも長くはあるまい。また、実資には実子の跡継ぎがいないのだから、関白の返上も承知するはず。

その時、ばたんと大きな音がした。見れば、打臥がその場に倒れ伏しているではないか。

「おい、いかがした」

驚いて、打臥の頭を起こすと、その表情がいつもと違っていた。道長の方へ向けられているにもかかわらず、その目は道長を見てはおらず、遠い彼方《かなた》を見据えている。

（まさか――）

それを見るのは初めてだった。恐れと敬虔《けいけん》が心身を一気に満たす。

これまで打臥は遠い昔の夢解きに始まり、数々の助言をしてくれたが、神降ろしの場を道長に見せてくれたことはなかった。それを見たことがあるのは、父の兼家だけだったのだ。

「ならぬ」

打臥の巫女を通して、神が告げた。声はまぎれもない打臥のものだが、ふだんは明らかに口にすることのないしゃべり方である。

「懐柔は裏目に出る」

「では、いかがすれば――」

「そなたの傲慢さが天にも届くものだと示してやるがいい。人は並び立つ者には妬みを抱くも、圧倒する者には頭を垂れる」

打臥の告げる言葉が耳から流れ込み、体中をめぐって、度胸と知恵を与えてくれるようだ。

確かに、道長から懐柔を申し出れば、弱みを握られたと認めるようなものである。実資は調子に乗って、道長の非を暴き、論《あげつら》うことだろう。それこそが正義だと信じて。

実資の賢《さか》しげな得意面が思い浮かび、道長は顔をしかめた。

その時、打臥の首ががくっと折れた。目を閉じ、気を失っているらしい女の頭を、道長は慌てて抱え直す。

ややあって、打臥は道長の膝の上で目を醒ました。

「聞きましたか」

と、打臥はその姿勢のまま、道長を見上げて訊いた。その目はしっかりと道長を見据えている。

「聞いた。あれが神の言葉なのか」

「そうです。今度こそ実資を屈服させてやりなさい。二度と顔を上げて若君を見られぬように――」

「分かった。すべてそなたに、いや、神の言葉に従おう」

道長は心を決めた。

翌日の夕べ、実資は道長の土御門殿を訪ねた。

十六夜の月は日没から少しして空に昇り始める。実資はそれを庭先で眺めた。

彰子は強力な駒を託してくれた。

実資は近頃、学び始めた将棋という盤上の遊びを思い浮かべた。異国から伝わったもので、玉将《ぎよくしよう》を追い詰めるか、相手の駒を玉将のみにすれば勝ちとなる。

たとえるならば、道長は玉将。それを追い詰めるための強力な駒が今、手もとにある。追い詰めるのであれば、今宵をおいて他にはない。

道長の栄華がまさに極まったと言える今宵の宴でこそ。

（前摂政よ、貴殿の本性を見極めさせてもらう）

本物の王であるのか、それとも、人の皮をかぶった悪逆の王であるのか。

（私はこの世の正義のために動くと決めた）

実資は月に背くと、客人たちの集まる部屋の方へ向かって、ゆっくりと歩き出した。


宴は盛況だった。

道長は満ち足りた思いで、宴の席を見回しながら、来《こ》し方《かた》に思いを馳せる。

一条天皇の後宮といい、三条天皇の後宮といい、当時はまだ、道長の娘に対抗できる后妃がいた。一条天皇には中関白家の皇后定子が、三条天皇には小一条流の皇后娍子がいて、それぞれの第一皇子を出産し、後継者問題を複雑にしてくれた。

だが、道長の外孫である後一条天皇の後宮ときたら、どうであろう。道長の娘を中宮とし、もはや他の公卿たちは娘を差し出そうという気持ちさえ持たない。あの公任とて、大事な娘を道長の息子に差し出し、入内させるなど思いも寄らぬありさまであった。

これでいい。

これからの世は自分の子孫だけが天皇の外戚となり、摂政関白の座を独占するようになる。九条流、いや、道長流は別格なのだ。世間にそう思わせることができれば、自分のこれまでの道のりは間違っていなかったことになる。

道長は祝いの言葉を浴び続け、その度、酒を呷《あお》り続けた。やがて、来る最後の敵との対峙を前に、ほどよい緊張と昂奮が身に宿っている。

やがて、実資が近づいてきた。まずは、ふだん通りの挨拶を交わす。

「今宵は足をお運びくださり、かたじけない」

「いやはや、さすがは三后の家の宴。かつて知らぬ盛況でございます」

実資の表情をじっとうかがった。そこに宿る感情がどんな類のものか。親しみか敵意か、恭順か不服従か。

今の実資から感じられるのは、疑念、探究心といったところか。恭順するでもなく、あからさまに敵意を抱いているわけでもない。つまり、どちらにも転び得るということだ。

「今宵のこのめでたさを、ぜひとも歌に詠んでいただきたくお願い申し上げる」

わずかな雑談の後、実資が言い出した。

なるほど、そう来るか。

道長は静かに目を閉じ、少しの間、息を整えた。それから目を開け、実資の顔を再びしかと見据える。

「一首思いつきましたが、人前で口ずさむのは気恥ずかしい」

「何を仰せですか。この場の誰が、前摂政殿に気まずい思いなどおさせいたしましょう」

「では、貴殿が返歌をすると、お約束くださるか」

「分かりました。不肖の身ではありますが、返歌をさせていただきます」

実資が承知したのを確かめ、道長はゆっくりとうなずいた。

　この世をば　わが世とぞ思ふ　望月の　欠けたることも　なしと思へば

道長は声を張り、歌を口ずさんだ。この歌はきまり悪そうに口にしたのでは、その場を白けさせるだけだ。堂々と、豪快に、天下を睥睨《へいげい》するかのように詠み上げなければならない。

脳裡に浮かんでいるのは、望月を手にした自分が都を照らしている、遠い昔に見た夢であった。

続けて、打臥の巫女を訪ねて右京へ赴いた夜、見上げた冬の玲瓏《れいろう》たる月の容《かたち》が浮かんでくる。

道長が昂然と詠《うた》い終えた時、実資は唖然とした表情を浮かべていた。周りにいた公卿たちも皆、声を失っている。

少し離れたところで、笛を吹いている者がいるらしく、その音色だけは続いていたが、それ以外の人の声はいっさい聞こえてこなかった。

「さて、次は右大臣殿の番ですぞ」

道長は実資に微笑みかけた。

「いや、これは……」

実資はめずらしく動じている。返歌など、ふだんであれば息をするようにできるはずの男が、ここまで慌てている姿を見るのは滑稽《こっけい》だった。

「この世をば、わが世とぞ思ふ、望月の……」

実資は道長の歌を小声で口ずさみつつ、何事か考え込んでいる。

さて、どんな歌を返してくるか。実資の本音はそこに表れることだろう。

やがて、口ずさむのをやめた実資は、腕を組み、目を閉じて、しばらく動かなくなった。その後、目を開けた実資は道長に笑い返してきた。

「いや、あまりに見事な歌でございますゆえ、とても返歌はできませぬ」

晴れ晴れとしてさえ見える表情で、実資は言った。その目の中に不服従の色は見られない。侮《あなど》る色も、怒りや敵意の色合いも――。

「方々、いかがでございましょう。ただ今の前摂政殿のお歌を、ここで朗唱いたそうではありませぬか。まさに、今宵の宴にこれほどふさわしい歌はござらぬ」

実資は立ち上がると、周辺にいる人々に向かって呼びかけ出した。

「ぜひそういたしましょう」

真っ先に立ち上がったのは、実資の従弟の公任であった。

「我も」

「私も」

と、次々に男たちが立ち上がる。そして、彼らは実資の号令のもと、大きな声で口ずさみ始めた。

「この世をば、わが世とぞ思ふ、望月の……」

彼らの目の中に、道長に抗《あらが》おうという腹積もりはまったく見られなかった。

（打臥の巫女よ）

道長は心でそっと呼びかけた。

（若き日に聞いたそなたの夢解き、あれはまことであった）

人生で最も満ち足りた瞬間は今だと、素直に思うことができた。

終章

同じ日、今や尼の身となった紫式部は、かつての主人である彰子の御所を訪問していた。表向きは、彰子が太皇太后となった祝いを述べるためだが、実は彰子から話したいことがあると乞われてのことであった。

土御門殿での宴のざわめきは、彰子の御所までは届かない。静かな御所の母屋で、紫式部は彰子から、一条院の書きつけを実資に託した話を聞いた。

「あとは右大臣に任せることにいたしました」

と告げる彰子に、紫式部は「正しいお考えかと存じます」と答えた。

「太皇太后さまが何より案じておられた式部卿宮さま（敦康親王）もご無事に成人なさいました。宮さまが皇位をお望みにならない限り、前摂政殿が宮さまを排斥《はいせき》なさる心配はもうないと存じます」

「わたくしもそう思います。式部卿宮が皇位など望んではいないことを、わたくしもうずっと前に気づいていたのですけれど……」

彰子は少し寂しげな口ぶりで打ち明けた。

「わたくしは本人以上にあきらめが悪かったのです。亡き一条院のご無念を思いやると、どうしても……」

紫式部はかつての主人に優しく微笑みかけた。

「親とはそういうものでございましょう。哀れで愚かな……愛しいものでございます。初めてお目にかかった時、とてもお若くていらっしゃった太皇太后さまが、親になられたのだと思いますと、私も感慨深い心地がいたします」

「今の帝をお産みしたのは昨日のことのようですのに……。お互い年を取ったということですね」

彰子の言葉に、二人は顔を見合わせ、ほろ苦く笑い合った。

その後は一別以来の出来事など、雑談を交わしていると、道長が挨拶に来るという知らせがよこされた。

「あちらの宴の席で、何か格別なことでもありましたか」

彰子は使者の女房にさりげなく尋ねた。実資が何かを行ったのであれば、大きな騒ぎになっているはずである。

しかし、その女房は首を横に振った。

「いえ、何事もなく、宴は和やかに果てましてございます。あえて申し上げるなら、前摂政さまのお歌が評判になったことくらいでしょうか」

「歌とはどのような」

彰子が問うと、その女房はやや得意げな面持ちで、道長の「この世をば」の歌を口ずさんでみせた。

「まあ、戯れ言のおつもりでしょうか。父上らしくもない……」

「ですが、お客さまたちの間ではたいそうもてはやされておりました。ご返歌をと頼まれていた小野宮右大臣さまは、このように見事な歌には返歌はできないから、皆でこの歌を朗唱いたしましょうとおっしゃって、その後、皆さまでこのお歌を口ずさまれたのでございますから」

何度も皆が歌うので、自分も覚えてしまったのだと、その女房は言った。

「ご返歌を頼まれたのは、小野宮右大臣殿だったのですね」

紫式部は使者の女房に問いかけた。

「はい。間違いございません。皆で朗唱しようと言い始められたのも、小野宮右大臣さまでございました」

女房はそれだけ告げると、去っていった。

「どういうことでしょう。小野宮右大臣が父上の歌を朗唱するなんて」

彰子は困惑気味に顔色を曇らせている。

「太皇太后さま、これは右大臣殿から太皇太后さまへのご返答と考えるべきでしょう」

「右大臣からわたくしへの――？」

「はい。右大臣殿は太皇太后さまから託されたものを使わぬとお決めになられたのです。そして、『この世』を『わが世』と歌う前摂政殿をお認めになられた。だからこそ、返歌はせず、その歌をご自身でも朗唱なさったのです。太皇太后さまもそのように受け止められるのがよいと存じます」

「……そうですね」

彰子は自分に言い聞かせるように呟き、少しの間を置いてから顔を上げた。

「わたくしは右大臣に託すと決めたのですから、このことはこれで終わりです」

毅然とした声で言う。

「右大臣はこれからも、世に不正があれば糺《ただ》してくれるでしょう。わたくしも太皇太后として、それを支えたいと思います」

彰子がいれば、外戚の権力が暴走する歯止めになってくれるだろう。かつて、道長の意のままになる夫のそばで何もできなかった彰子が、今は自らの考えをはっきりと口にしている。紫式部は胸に込み上げる熱いものをこらえながら、無言でうなずき返した。

やがて、彰子に仕える女房たちも御前へやって来て、道長を迎える支度を始めた。紫式部はその場にいるようにという彰子の意を受け、端の方の席へ移り、道長を待つ。

やがて、道長が頼通以下の息子たちを引き連れ、堂々とした佇《たたず》まいで現れた。

「今宵の宴が無事に終わりましたことをお伝えしに参りました、太皇太后さま」

道長が挨拶し、宴の席での話がいくつか交わされる。彰子は先ほど聞いた「この世をば」の歌について持ちかけたが、「いや、あれはほんの戯れ言で」と道長は鷹揚に笑っている。

「それにしても、今宵はおめずらしい客がおありですな」

道長は自分が追い出したことなどなかったことのように、紫式部に和やかな笑みを向ける。

「前摂政殿下にはお変わりもなく」

紫式部は慎ましく頭を下げた。

「宇治で暮らしているとか」

「はい。光源氏の物語は終わりましたが、宇治を舞台に、その子孫たちの話を書き続けることができましたら、と――」

「それはすばらしい。もちろん出来上がったら、すぐにこちらの太皇太后にお届けするのだろうね」

「もちろんそうしたいところではございますが、日々の勤行《ごんぎょう》もございますので、なかなか」

「清書のための人と物は昔の通り、私に援助させてもらいたい」

「もったいないお言葉でございます」

道長は上機嫌な様子で、紫式部との対話も滑らかに進んだ。

「ところで、私は前々より殿下にお尋ねしたいことがあったのでございますが、今宵、それを申し上げることをお許しいただけますでしょうか」

紫式部は折を見て切り出した。

「ほう。そなたからの問いであれば、能《あた》う限り正直に答えたいと思うが」

「物語を書く者として、殿下のことをもっと知りたいのでございます」

紫式部の言葉に、道長は笑い出した。

「二十年も前、女として知りたいと言ってもらえたら、もっと嬉しかったろう」

「お戯れを」

扇で顔を隠すと、道長は不意に笑い収めた。

「そう怒るな。旧知の仲ではないか。いずれにしても、天下に名高い『源氏物語』の書き手から、関心を持たれたことに悪い気はせぬ。私を雛形にした誰かが物語に登場するかと思うと、なおさらのことだ」

光源氏は道長を模したものだ、などという言葉を期待していたのかもしれないが、紫式部は黙っていた。養女や娘を入内させ、執政となっていく頃の光源氏は、確かに道長を模している。

だが、それでいてなお、道長という男にはどうしても分からぬ部分があった。道長には、何か大きな秘め事があるのではないかという気がしてならない。

「では、何でも訊くがよい」

道長から促され、紫式部は目を戻した。

「殿下はここぞという勝負の時、決して負けない強さがおありです。ご運の強さでもあり、お心の強さでもあると存じます。されど、人はなかなか思い通りに勝ちを引き寄せられないもの。勝ち続ける人もいなければ、負け続ける人もいない、私はそう思うのですが、殿下に限っては勝ち続けているようにも思われまして」

「ふむ。それで」

「その強さの秘訣があるのならば、教えていただきたいと存じます」

紫式部はひたと道長の目を見据えた。道長は無言である。

「秘訣とやらがまことにあるのなら、私たちもぜひお聞きしたいものです、父上」

長男の頼通が父親の意を迎えるように口を挟んだ。しかし、

「そなたたちに聞かせるつもりはない」

道長は居並ぶ息子たちを振り返って告げた。それから、紫式部に目を戻すと、

「だが、紫式部殿は話が別だ。しばし、庭へ出て、月でも眺めながら話をしまいか」

と、続けた。

「かしこまりました。では、お供させていただきます」

紫式部は答え、道長に続いて立ち上がった。

息子たちにも御所の女房たちにもついてくるなと命じ、道長は母屋に面した庭先へ階《きざはし》を下りていく。紫式部はそのあとに続いた。

十六夜の月が上空に浮かんでいる。

空はよく晴れ、風は澄み、月は黄金に輝いている。

「あの夜と同じ月だ」

しばらく庭を進み、池の端にたどり着いたところで、道長は足を止めて呟いた。

紫式部も足を止める。空から池に目を移すと、水面《みなも》に月が浮かんでいた。

「出てまいるがよい」

道長は不意に声を放った。その顔は初め池の方へと向けられていたが、ゆっくりと右へ、左へ動き始めた。

「どうせ、その辺りにいるのであろう、打臥よ」

「打臥……？」

道長は打臥と呼ぶ相手がどこにいるのかは分からぬものの、必ず近くにいると信じて、呼びかけているようであった。紫式部は息を止めて、成り行きを見守り続ける。

ややあってから、道長は破顔すると、

「おお、よく来た、打臥よ」

と言い、紫式部を振り返った。

「そなたも耳にしたことくらいはあるのではないか。我が父が打臥の巫女と呼ぶ女をそばに置き、その言葉にことごとく従っていたということは――」

「は……い。そのお話は聞いたことがございます」

紫式部はうなずいた。いや、首が強張って、しかとうなずけたかどうかよく分からない。だが、自分ではどうすることもできなかった。

「私はある晩、夢を見た。私自身が月を抱き、その月で都を照らしているという夢だ。その夢を打臥にこっそり占ってもらった。もちろん父上には気づかれぬように、だ。なぜか分かるか」

紫式部は首を横に振った。喉がからからに渇いて、声は出てこない。

「打臥は父上のためだけの巫女だからだ。私が打臥に近づいたと知れば、妙な誤解をされたかもしれぬ」

「その夢は、何を表していたのでしょう」

紫式部は震える声で問うた。

「それについては、わたくしから答えましょう。若君が見た夢は、自らが『天下の王』となることを表していたのです。わたくしは若君を助けることに決めました。もちろん、大殿にも若君の兄上たちにも気づかれぬように」

「この打臥は昔からずっと、私を若君と呼ぶのをやめぬ。老いた身の今となっては面映《おもは》ゆいが、まあ、気にするな」

道長が笑いながら言い添えた。

「父上が打臥の巫女に助けられ、天下を我がものとされたように、私も打臥に助けてもらった」

「大殿は天下を取られてから傲慢になり、わたくしの言葉にも従わぬようになられましたがね。でも、若君は出世しても、わたくしの言葉を聞き捨てになさいませんでした。無論、今もですが……」

「これで納得してもらえたかね。私には打臥の巫女、すなわち神のお告げを聞く女がついていた。だからこそ、この偉業を成し遂げられたのだ、と――」

道長は「先に戻っているぞ」と言い置き、寝殿の方へと踵を返した。

紫式部はその場に一人残されたまま、動き出すことができなかった。道長の姿が寝殿の中に吸い込まれた頃、ようやく紫式部は大きな息を一つ吐き出した。

「打臥の巫女の姿なんて、私には見えなかった。あの巫女は東三条殿（兼家）がお亡くなりになった時、一緒に死んだはず……」

池の水面に映った月がかすかに揺れた。

「殿下はお一人でお話をなさっていた。ご自身が女の声色を真似て、お一人で会話を……」

紫式部は震えながら凝然《ぎょうぜん》と空を見上げる。

凍りついた十六夜の月は、どんな答えも見せてはくれなかった。

あとがき

歴史に名を残す人物の中でも、藤原道長は特に強運の人の印象が強いと思います。兄たちの早世による跡目《あとめ》の継承、娘の皇子出産など、努力ではどうにもならない運の強さが彼の人生には確かにある。もちろん、運だけで「この世をばわが世とぞ思ふ」権力を手に入れたわけではないでしょう。相応の実力、粘り強さがあり、あるいは人知れず努力や徳を積んだのかもしれません。しかし、それらを備えていても目指すものに手の届かないことはありますし、そうした不運の人は道長の時代にもいたでしょう。いえ、道長に当たる満月の光が明るければ明るいほど、色濃い影を引き受けさせられた人が必ずいたと思います。

道長のライバルたち、栄華を助けた妻子たち、そして紫式部のような同時代の文学者たちは、道長をどう見たのか。私はそこに興味がありました。その思いを十分に理解できたとは思えませんし、想像し得たとも言えませんが、道長と周辺の人々の人生に思いを馳せていただければ幸いです。

令和五年夏

篠 綾子

【引用和歌】

五月闇　おぼつかなきに　ほととぎす　鳴くなる声の　いとどはるけさ　明日香皇子『和漢朗詠集』

いにしへの　野中の清水　ぬるけれど　もとのこころぞ　しる人ぞくむ　よみ人知らず『古今和歌集』

滝の音は　絶えて久しく　なりぬれど　名こそ流れて　なほ聞こえけれ　藤原公任『千載和歌集』

朝まだき　嵐の山の　寒ければ　紅葉の錦　着ぬ人ぞなき　藤原公任『拾遺和歌集』

ちはやぶる　神代も聞かず　龍田川　からくれなゐに　水くくるとは　在原業平『古今和歌集』

紫の　雲とぞ見ゆる　藤の花　いかなる宿の　しるしなるらむ　藤原公任『拾遺和歌集』

いかにいかが　かぞへやるべき　八千歳の　あまり久しき　君が御代をば　紫式部『紫式部日記』

あしたづの　齢しあらば　君が代の　千歳の数も　かぞへとりてむ　藤原道長『紫式部日記』

露の身の　仮の宿りに　君をおきて　家を出でぬる　ことぞ悲しき　一条天皇『栄花物語』

女郎花　さかりの色を　見るからに　露のわきける　身こそしらるれ　紫式部『紫式部日記』

白露は　わきてもおかじ　女郎花　心からにや　色の染むらむ　藤原道長『紫式部日記』

この世をば　わが世とぞ思ふ　望月の　欠けたることも　なしと思へば　藤原道長『小右記』

【引用漢詩】

香爐峰下新卜山居草堂初成偶題東壁　白居易『白氏文集』

著者紹介
篠 綾子（しの・あやこ）
埼玉県生まれ。東京学芸大学卒業。『春の夜の夢のごとく　新平家公達草紙』で健友館文学賞を受賞しデビュー。「虚空の花」で九州さが大衆文学賞佳作、「更紗屋おりん雛形帖」（文春文庫）で歴史時代作家クラブ賞シリーズ賞、『青山に在り』（角川書店）で日本歴史時代作家協会賞作品賞を受賞。
その他の著書に『月蝕　在原業平歌解き譚』（小学館文庫）、『桜小町　宮中の花』『あかね紫』（以上、集英社文庫）、『天穹の船』（角川文庫）、『歴史をこじらせた女たち』（文藝春秋）などがある。シリーズには「江戸菓子舗照月堂」「木挽町芝居茶屋事件帖」（以上、ハルキ文庫時代小説文庫）、「小烏神社奇譚」（幻冬舎時代小説文庫）ほかがある。

本書は、書き下ろし作品です。

編集協力・遊子堂

ＰＨＰ文庫　藤原道長 王者の月

2023年８月15日　第１版第１刷

著　者　篠　綾子
発行者　永田貴之
発行所　株式会社ＰＨＰ研究所
東京本部　〒135-8137　江東区豊洲5-6-52
ビジネス・教養出版部　☎03-3520-9617(編集)
普及部　☎03-3520-9630(販売)
京都本部　〒601-8411　京都市南区西九条北ノ内町11
PHP INTERFACE　https://www.php.co.jp/
組　版　株式会社PHPエディターズ・グループ
印刷所
製本所　図書印刷株式会社

ISBN978-4-569-90342-2